CAHIER de VACANCES

ENQUÊTES DE SHERLOCK HOLMES

Gilles Saint-Martin

LAROUSSE

Direction de la publication : Carine Girac-Marinier
Édition : Ella-Meï Tabernero Chaudet
Direction artistique : Uli Meindl
Conception graphique : Sophie Rivoire
Mise en page : Hélène Léonard
Relecture-correction : Sophie Petitprêtre
Fabrication : Marlène Delbeken
Illustrations : © Shutterstock et © AdobeStock

ISBN : 978-2-03-599736-4

21, rue du Montparnasse
75283 Paris Cedex 06

SOMMAIRE

ENQUÊTE 1

CASSE DE PORCELAINE

PROMENADE DIGESTIVE

Miss Hudson a encore fait des merveilles. Elle fête aujourd'hui son anniversaire. Même si elle n'a pas voulu dévoiler son âge – que vous connaissez cependant –, elle tenait à vous offrir un festin.

Après avoir mangé plus que de raison d'irrésistibles plats, une marche n'est pas de trop pour vous aider à digérer. Accompagné de Watson, vous vous promenez nonchalamment dans un quartier commerçant. Les rues sont calmes en ce début d'après-midi. Seule la musique d'un cirque itinérant vient troubler la quiétude régnant sur les pavés.

En passant devant une boutique de porcelaines que vous connaissez bien, vous remarquez que le tenancier, Nelson White, n'est pas dans son état normal. L'air jovial et avenant qu'il affiche habituellement s'est totalement effacé au profit d'un visage plissé par la panique et l'incompréhension. Intrigué, vous lui demandez ce qui se passe.

- *On m'a volé un vase Ming !* s'exclame-t-il. *C'est une catastrophe !*
- *Avait-il de la valeur ?* demandez-vous.
- *C'est une œuvre d'art historique, qui coûte une fortune !*
- *Je vois… Quand est-ce arrivé, monsieur White ?*
- *Pendant ma pause. J'ai quitté ma boutique pendant une demi-heure pour aller déjeuner. À mon retour, le vase avait disparu !*
- *Avez-vous constaté une effraction ?*
- *Non, aucune. Je fais toujours attention de bien fermer ma boutique. Elle est toute ma vie, vous savez. J'ai verrouillé la porte d'entrée et celles des salles intérieures, comme je le fais chaque fois que je sors. Aucune n'a été forcée. Je ne comprends pas…*
- *Et les fenêtres ?*
- *Elles sont toutes fermées, sauf celle du deuxième étage dont le fermoir est cassé. Elle donne sur l'arrière-boutique.*

Désireux d'aider le pauvre homme, vous décidez de vous pencher sur cette affaire et pénétrez dans sa boutique, l'esprit en alerte.

- *Watson, voici une enquête impromptue. C'est parfait pour faciliter notre digestion,* déclarez-vous.
- *J'avoue que je n'avais pas envisagé notre promenade de cette façon,* répond-il. *Toutefois, monsieur White mérite que nous nous occupions de son cas. C'est un commerçant honnête et sympathique.*

UN VASE DE VALEUR

Le vase Ming était exposé au deuxième étage du magasin. Il y en a plusieurs autres, impeccablement alignés sur une étagère. Leurs tarifs varient entre 2 000 £ et 25 000 £.

Au sujet du prix du vase volé, White se rappelle les informations suivantes :

- Il est composé de quatre chiffres différents.
- Le premier chiffre est le plus grand des quatre.
- La somme des trois premiers chiffres est égale à leur produit.
- Le deuxième chiffre est inférieur au troisième.
- Aucun des trois premiers chiffres ne peut être divisé par le quatrième.

☞ Quel est le prix du vase volé ?

3 1 2 0 £

EMPEREURS ET HAUTEURS

Le vase date de Zhèngdé, dixième empereur de la dynastie Ming. Lorsque vous demandez à M. White les caractéristiques des autres vases présents sur l'étagère, il explique :

- *J'ai un Tiānshùn qui mesure 16 pouces, deux Jiànwén de 14 pouces, un Hóngxī et deux Xuāndé de 12 pouces, un Zhèngtǒng de 18 pouces et un Wànlì de 10 pouces.*

☞ De quelle taille est le vase volé ?

1 4 pouces

UNE ANTIQUITÉ ABÎMÉE

Nelson White est fier de ses porcelaines séculaires. Cependant, le temps ne les a malheureusement pas épargnées. M. White ne possède que trois vases exempts de défauts qui sont tous présents sur l'étagère. D'autres sont en très bon état et ne comportent qu'un ou deux défauts. Le vase volé a pour sa part des fissures, des impacts, des rayures et des usures. White se rappelle que :

- Le vase a en tout dix défauts.
- Il y a deux fois plus de fissures que d'impacts.
- Il y a deux fois plus de rayures que de fissures.
- La somme des impacts et des usures est égale au nombre de rayures.

☞ Complétez la fiche signalétique du vase volé en dénombrant chaque défaut :

Fissures	Impacts	Rayures	Usures
2	1	4	3

UN MOBILE POSSIBLE

☞ Entourez les cases adéquates pour chaque affirmation :

Le vase volé est le plus cher.	VRAI	FAUX
Le vase volé est le plus grand.	VRAI	FAUX
Le vase volé est le mieux conservé.	VRAI	FAUX
Le mobile du vol est vraisemblablement :	PERSONNEL	PÉCUNIER

UNE FOUILLE ATTENTIVE

- *Mon cher Watson, il ne fait aucun doute que le voleur n'a pas dérobé ce vase pour de l'argent,* déclarez-vous.
- *Ah bon !* s'étonne votre ami. *Et quel serait son mobile, selon vous ? Tourmenter ce brave monsieur White ?*

Vous vous tournez vers le tenancier de la boutique et lui demandez :

- *Avez-vous des ennemis ou connaissez-vous des gens qui ont des raisons de vous en vouloir, monsieur White ?*
- *Non, personne n'a de grief contre moi. Pour ma part, je n'ai aucune rancune… si ce n'est celle contre la maladresse des clients qui bousculent parfois mes porcelaines.*

Vous répondez donc à Watson avec assurance :

- *Le mobile du voleur est personnel, j'en suis convaincu. Toutefois, j'écarte d'emblée l'hypothèse d'une vengeance ou d'une volonté de nuire à monsieur White.*
- *Si vous le dites,* grommelle votre ami. *Êtes-vous déjà sur une piste ?*
- *Je n'en suis pas encore certain, mais je pense qu'une fouille minutieuse de la boutique pourrait nous en fournir une.*

En jetant un regard furtif vers Nelson White, vous percevez une lueur d'espoir dans ses yeux. Cependant, vous avez conscience d'être encore loin d'avoir trouvé la solution de cette affaire. Vous sortez donc votre loupe fétiche de votre poche et commencez à arpenter la boutique de long en large et de haut en bas.

UNE FENÊTRE INACCESSIBLE

Vous examinez la fenêtre du deuxième étage, la seule qui est restée ouverte durant la pause du tenancier. Le mur du bâtiment est lisse et semble impossible à escalader.

Si quelqu'un est passé par là, c'est qu'il détient une caractéristique que vous découvrirez sur la ligne médiane en complétant la fenêtre verticalement par des mots de trois lettres.

☞ _ _ _ _ _ _

UNE TROUVAILLE DANS LES ÉCAILLES

La peinture de la fenêtre est abîmée et des écailles sont dispersées sur son appui. Vous les examinez à la loupe.

☞ Quel(s) signe(s) faut-il inscrire sur la ligne du bas de ce triangle d'écailles ?

UN INDICE MINUSCULE

Vous avez repéré un indice. Trouvez de quoi il s'agit en vous inspirant des formes des écailles, sachant que :

- La 1re lettre est présente 1 fois dans le triangle et dans le carré, mais n'est pas dans les autres formes.
- La 2e lettre est présente 1 fois dans 3 formes, mais n'est pas dans le carré.
- La 3e lettre est présente 1 fois dans le carré et dans le rectangle, mais n'est pas dans le triangle.
- La 4e lettre est présente 2 fois dans une forme et 1 fois dans une autre.
- La 5e lettre est présente 1 fois dans le triangle, mais n'est pas dans les autres formes.

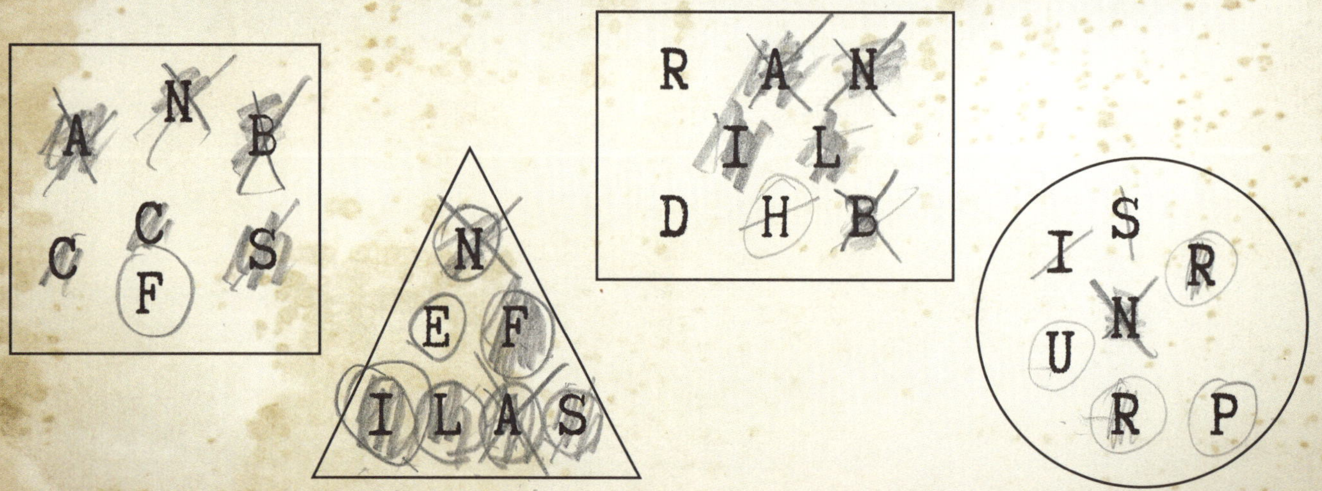

☞

UN DÉTAIL IMPORTANT

Pour trouver de quelle nature est l'indice que vous avez découvert, résolvez cette charade.

- Mon premier introduit le thé.
- Mon deuxième est au milieu des boutiques.
- Mon troisième marque le pluriel mais en est absent.
- Mon quatrième est à la sortie des magasins.
- Mon cinquième est au cœur de l'enquête.

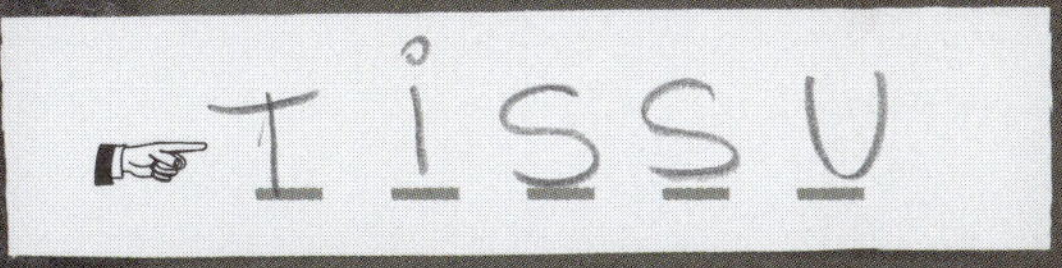

UN TOUR DANS L'ARRIÈRE-COUR

Satisfait de vos découvertes faites dans la boutique, vous sortez dans la rue et allez dans la cour qui sert d'arrière-boutique. White vous emboîte le pas, curieux de suivre l'avancement de votre enquête. Vous vous arrêtez au pied de la façade, à l'aplomb de la fenêtre du deuxième étage.

- *Mon cher Watson, je suis convaincu que le voleur est entré et ressorti par la fenêtre du deuxième étage,* déclarez-vous.
- *Sans échelle, cela représente une escalade très difficile,* remarque-t-il.
- *Impossible même, sauf pour quelqu'un d'adroit et d'entraîné.*
- *Qu'en déduisez-vous ?*
- *Eh bien Watson, je pense qu'en passant par là, il est bien plus facile d'entrer les mains vides que de sortir encombré d'un vase.*
- *Le voleur n'aurait-il pas pu lancer le vase depuis la fenêtre à un complice attendant dans la cour de l'arrière-boutique ?*
- *Non, je n'y crois pas. Si le voleur s'est donné tant de mal pour pénétrer dans la boutique, c'est qu'il tenait beaucoup à avoir ce vase. Il n'aurait pas pris le risque de le casser en agissant ainsi.*

Vous vous mettez en quête d'autres indices en observant les abords du bâtiment. La cour est commune avec les arrière-boutiques de deux autres commerçants : un matelassier et un tisserand.

ASTUCIEUSE ESCALADE

Vous devez tout d'abord trouver comment le voleur s'y est pris pour atteindre la fenêtre du deuxième étage.

☞ Pour le savoir, répondez à cette devinette : Qui fait le tour du bâtiment sans jamais se déplacer ?

GOUTTIERE

LE TISSU INTRUS

Vous vous intéressez ensuite au mystère de la disparition du vase. Du côté de la boutique du tisserand, vous remarquez des rouleaux de tissus bigarrés qui semblent être parfaitement rangés.

☞ Observez attentivement ces rouleaux et trouvez une anomalie dans leur ordonnancement.

arc-en-ciel
RYC
jaune-orange-rouge-violet-vert-bleu

LE TRACAS DES MATELAS

Du côté de la boutique du matelassier, vous voyez une multitude d'éléments : des CAISSES, de la PAILLE, du TISSU, du CUIR et des RESSORTS.

7 6 5 4 8

☞ Décodez cette suite de chiffres afin de découvrir un détail important.

4-4/8-5/5-5/6-6/7-4

0 3 0 0 3

UN OBJET INATTENDU

Complétez la grille suivante afin que chaque ligne, colonne et petit carré de 3 x 3 cases contienne 9 lettres différentes.

☞ Déduisez-en un mot en utilisant les lettres contenues dans les cases colorées.

_ _ _ _ _ _ _ _

	T			O	B	D		
	O	B	G				M	U
A	N			T	D			
	G			U			D	M
U				B	N		T	
N		O	T		G	U		A
	B							
O					M	A	N	
T	A	M	N	D		O		B

UN INGÉNIEUX ACROBATE

Satisfait de vos découvertes, vous quittez la cour pour retourner dans la rue.

- *Vous entendez cette musique, Watson ?* demandez-vous.
- *Heu... Oui, c'est celle d'un cirque,* répond-il d'un air étonné.
- *Eh bien ce sera notre prochaine étape !*

Après avoir rassuré M. White, vous prenez la direction du chapiteau voisin, accompagné du docteur Watson. Tandis que vous marchez à ses côtés, vous vous délectez de voir du coin de l'œil son air à la fois intrigué et réservé. Compatissant, vous finissez par clarifier vos découvertes :

- *Mon cher Watson, le voleur s'est servi d'une descente de gouttière pour atteindre la fenêtre. Une telle escalade reste un exercice difficile, mais nous savons que nous cherchons quelqu'un d'adroit.*
- *Je dirais même que c'est un acrobate,* complète Watson. *Mais s'il s'est accroché à ce tuyau, comment a-t-il fait pour évacuer le vase ?*
- *Les caisses du matelassier ont des roues. Il en a choisi une remplie de paille et l'a approchée du mur. Ensuite, il a placé dedans un rouleau de tissu qu'il a déroulé tout en montant à la gouttière. Une fois ce tissu accroché à la fenêtre, il avait à sa disposition un toboggan confortable et un espace de réception sécurisé pour faire glisser le vase jusque dans la cour. Une fois son méfait accompli, il est redescendu et a tout rangé pour ne pas laisser de trace.*
- *Ingénieux ! Et pourquoi allons-nous au cirque ?*
- *Voyons, vous l'avez dit vous-même, Watson. Nous cherchons un acrobate !*

AUTOUR DE LA PISTE

Le spectacle est déjà bien avancé lorsque vous pénétrez sous le chapiteau. Il vous faut être discrets pour vous placer idéalement.

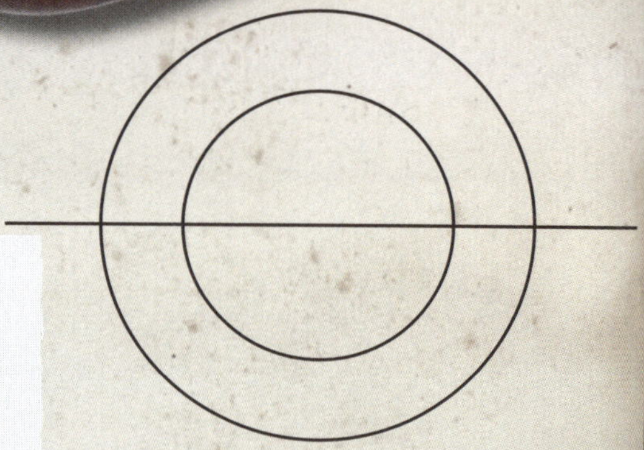

☞ Reproduisez cette figure représentant la piste du cirque sans lever votre crayon et sans suivre plusieurs fois la même ligne ou courbe.

L'ÉQUILIBRE DES TRAPÉZISTES

Le premier numéro d'acrobates auquel vous assistez est un magnifique ballet de trapézistes. Ils se balancent et volent dans les airs tels des papillons qui butinent. Ils se lancent même des ballons et se posent tour à tour sur un perchoir situé au sommet du chapiteau.

☞ Comment les trapézistes et leurs ballons doivent-ils se répartir pour que le perchoir soit en équilibre quand ils s'y tiennent tous ?

1	2	3	4	5	A	B	C
95 kg	48 kg	91 kg	45 kg	96 kg	5 kg	3 kg	1 kg

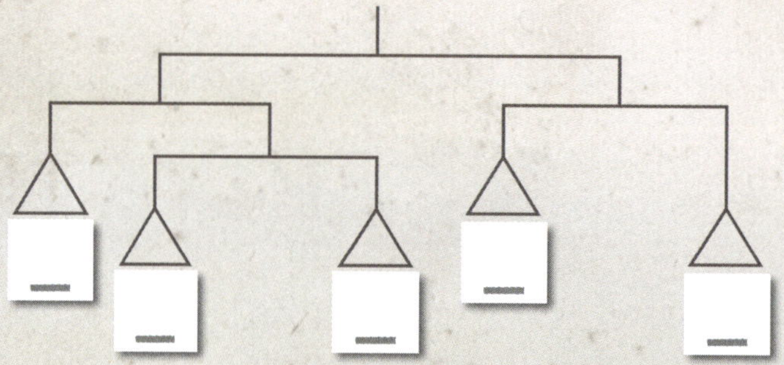

LE « FUNAMBOULE »

Le numéro suivant met en scène un équilibriste qui saute sur un câble, puis court sur une énorme boule pour gravir une rampe de 10 mètres de long. Ce funambule sait ménager le suspense. Il monte de 3 mètres toutes les 4 secondes, mais redescend de 2 mètres les 4 secondes suivantes.

☞ En poursuivant cette alternance, combien de temps lui faudra-t-il pour atteindre le haut de la rampe ?

LA RÉVÉLATION DU MÂT CHINOIS

Vous contemplez ensuite un impressionnant numéro de mât chinois. Deux acrobates enchaînent des positions défiant les lois de la physique avec une parfaite fluidité. La célérité et l'élégance avec lesquelles ils se meuvent sur cette barre verticale sont presque surnaturelles et font oublier la force colossale qu'il faut avoir pour maîtriser cet exercice. Le mât est arrimé par des câbles triangulés qui vibrent sous l'effort.

☞ Combien y a-t-il de triangles dans cette figure ?

LE SALUT DES ARTISTES

Des numéros variés succèdent à ceux des acrobates. Évidemment, votre objectif n'est pas de vous divertir, même si ce spectacle est particulièrement plaisant. Vous cherchez surtout à repérer les artistes qui sont les plus à même d'avoir réalisé l'escalade de la façade de la boutique de M. White.

- *Qu'en pensez-vous, Watson ?* demandez-vous.
- *C'est un très beau spectacle, mais j'ai l'impression que nous perdons notre temps à le regarder. Nous avons vu beaucoup d'acrobates et cela ne nous renseigne aucunement sur l'identité du coupable.*
- *Mon cher Watson, je suis pourtant convaincu que le coupable est un des deux hommes qui ont réalisé le numéro de mât chinois.*
- *Ah ah, elle est bien bonne, celle-là ! Un vase chinois, un mât chinois... Quelle brillante déduction ! Vous m'avez habitué à mieux, Holmes.*
- *Ne vous gaussez pas, Watson. Les avez-vous vus grimper à ce mât ?*
- *Oui, ils sont extrêmement rapides et agiles. Et alors ?*

- *Ce mât ne vous fait-il penser à rien ?*
- *À un instrument auquel je ne serais pas capable de monter moi-même, c'est tout.*
- *Décidément, ce serait plutôt à moi de ricaner. Cette colonne a tous les atours d'une gouttière !*

Watson comprend soudainement le rapprochement que vous faites. À la fin du spectacle, les artistes saluent le public comme il se doit et reçoivent en retour des acclamations enthousiastes.

SE FAUFILER COMME DES FURETS

Tout le monde se lève et commence à quitter le chapiteau. C'est le moment idéal pour pénétrer dans les coulisses en toute discrétion. Mais il est difficile de se frayer un passage dans cette cohue...

☞ Traversez la grille en vous déplaçant horizontalement ou verticalement. Vous ne pouvez croiser des gens que s'ils vous tournent le dos.

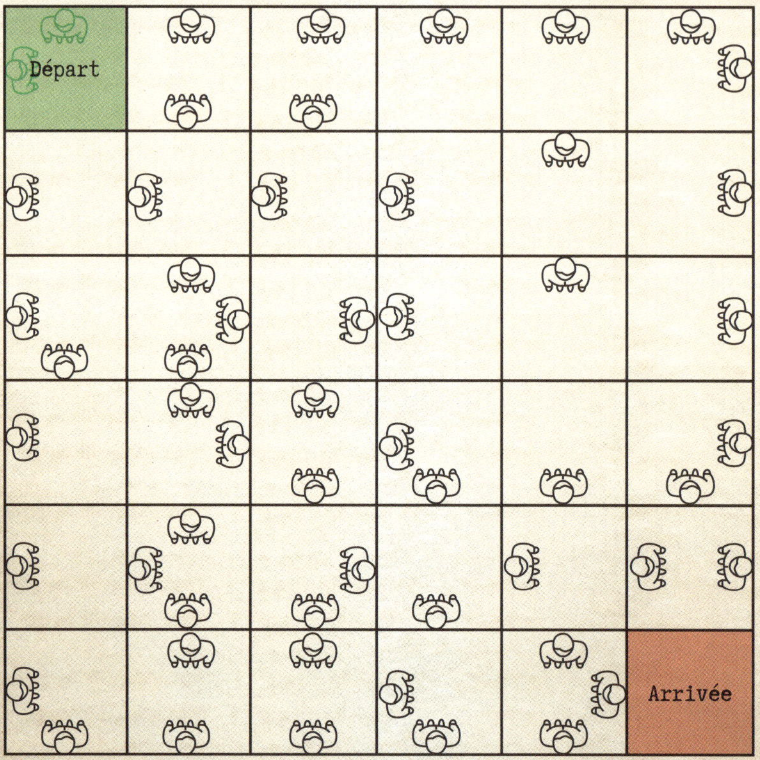

UN COLOSSE EN COULISSES

L'entrée des coulisses est surveillée par un colosse dont le regard suffit à décourager toute envie de resquiller. Il semble qu'un mot de passe soit nécessaire pour entrer. Vous observez et écoutez attentivement ce qui se passe. Lorsqu'un clown se présente, le colosse annonce « FLAMME » et l'arrivant répond « SIX » avant de passer. Vient ensuite une lanceuse de couteaux qui répond « SEPT » au mot « GRANDE ». Un jongleur répond pour sa part « TROIS » lorsqu'il entend « CIRQUE ». Vous tentez à votre tour votre chance. Le colosse annonce « MUSCLE ».

☞ Qu'allez-vous répondre ?

MENSONGE ET VÉRITÉ

Une fois rendus dans les coulisses, vous apercevez enfin les deux acrobates qui ont réalisé le numéro de mât chinois. En les entendant converser, vous comprenez qu'il y a un Anglais et un Chinois. N'ayant aucune notion de mandarin, vous vous adressez à l'Anglais.

☞ Sachant que l'un des deux dit toujours la vérité et que l'autre ment systématiquement, quelle question allez-vous poser à l'Anglais pour savoir lequel des deux est sorti à la mi-journée ?

UNE RAISON PERSONNELLE

La réponse négative de l'artiste britannique prouve que son collègue chinois est bel et bien sorti à l'heure du vol. Il est donc votre suspect principal.

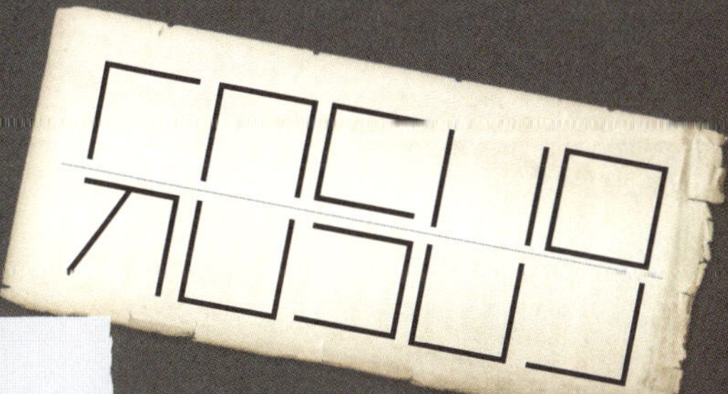

☞ Pour trouver ce qui a pu le pousser à commettre ce méfait, décodez cette étrange collection de symboles.

UN COUPABLE ADMIRABLE

La profession de détective est passionnante. Toutefois, elle est parfois ponctuée de situations qui peuvent poser des cas de conscience. Dans le cas présent, il est en effet difficile d'imaginer que cet homme de talent, capable d'arracher des applaudissements enthousiastes à des spectateurs subjugués, puisse commettre un acte si répréhensible. Ce vol en est pourtant un, et savoir le brave Nelson White bouleversé décuple votre motivation pour conclure votre investigation.

Même si cet artiste n'a pas du tout l'air d'un malfaiteur, vous l'avez identifié et vous cernez globalement son mobile. Pour boucler cette affaire, il ne vous reste plus qu'à retrouver le butin de porcelaine qui, vous le pressentez, doit se trouver sous ce chapiteau.

- Nous voilà désormais assurés que cet artiste chinois est bien le voleur que nous cherchons, déclarez-vous.

- C'est vrai qu'il a le profil idéal, confirme Watson. *Je crois n'avoir jamais vu athlète si affûté. Son corps est à lui seul un support de cours d'anatomie musculaire ! Cependant, je m'interroge toujours sur son mobile. Qu'en pensez-vous, Holmes ?*

- Nous savions déjà qu'il était personnel, et non pécunier. Le fait que cet homme soit chinois me pousse à croire qu'il tient à ce vase Ming. Pour tout vous dire, je pense même à un motif identitaire ou familial, même si j'ignore encore lequel.

- Si vous avez raison, le vase doit être caché ici. Nous devons le trouver.

- C'est justement ce que j'allais vous proposer, Watson.

LE DÉDALE DES COULISSES

Les coulisses du cirque sont cloisonnées par des toiles tendues.

☞ Afin d'inspecter les lieux sans attirer l'attention, trouvez un cheminement qui permettrait de franchir toutes les ouvertures une seule et unique fois.

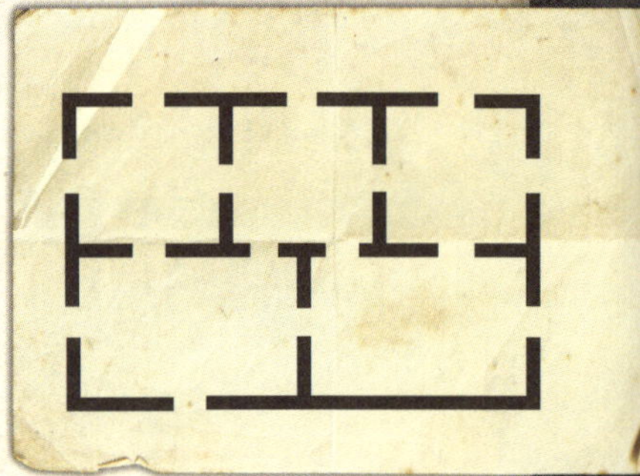

FORMES ET NOMBRES

Vous trouvez enfin la loge des artistes de mât chinois. Elle contient plusieurs accessoires de cirque suffisamment gros pour contenir le vase.

☞ Trouvez le nombre associé au cylindre en vous aidant de ceux qui correspondent aux autres formes. Chaque forme est composée de faces, de sommets et d'arêtes.

6812 569 446 100 ?

DÉPÊCHEZ, C'EST PESÉ

Vous êtes persuadé qu'un des cylindres contient le vase. Il y en a huit en tout. Une balance se trouve à proximité. Quelqu'un approche et vous avez peu de temps.

☞ Comment identifier le cylindre contenant le vase en deux pesées seulement ?

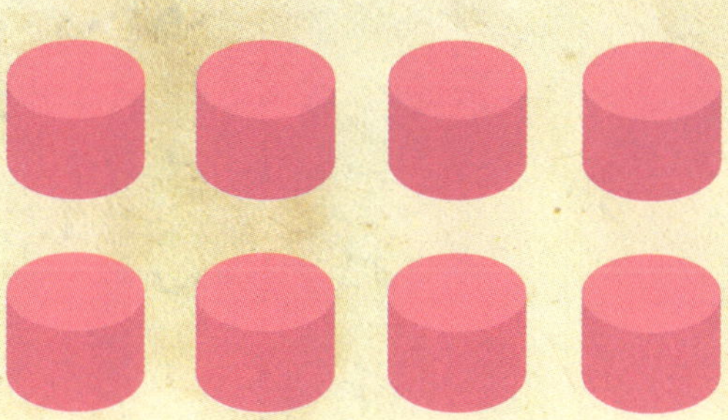

DÉNOUEMENT

Comme attendu, vous trouvez le vase Ming dans le cylindre. À cet instant, l'acrobate chinois entre dans la loge. Il est suffisamment fort pour vous faire passer à tous les deux un mauvais quart d'heure. Toutefois, persuadé qu'il n'a pas l'âme d'un criminel, vous lui proposez de ramener le vase à la boutique de White et de ne rien dire à la police.

Comme vous vous y attendiez, il accepte mais demande de disposer du vase pendant quelques minutes avant de vous le rendre. Malgré les protestations de Watson, vous agréez cet accord et sortez de sa loge. Peu après, l'artiste vous rend le vase et vous salue en s'inclinant respectueusement.

Le docteur Watson s'interroge sur cet épilogue. Vous lui expliquez, non sans user de vos sarcasmes habituels, que ce n'était pas le vase que l'artiste chinois voulait, mais son contenu. Cette porcelaine était pour lui hors de prix et s'il l'a volée, c'est uniquement parce qu'elle renfermait les cendres d'un de ses ancêtres. Votre réponse a donc été à la mesure de son geste : juste et élégante.

ENQUÊTE 1

TOP SECRET

ENQUÊTE 2

LE MANOIR HANTÉ

LA DAME EN BLANC

En cette journée froide, vous passez la matinée à parcourir les journaux d'un œil avide. Cela fait plusieurs jours qu'aucune affaire digne de ce nom ne vous a été confiée. Il y a bien eu la disparition d'un setter, mais vous l'avez résolue en moins d'un quart d'heure en démontrant à son propriétaire que son chien chéri avait tout simplement fugué chez sa voisine pour y retrouver une caniche parfaitement disposée à le recevoir. Autant dire que vous commencez à trouver le temps long.

Lorsque que Watson vous rejoint pour prendre le thé, vous avez l'esprit embrumé par l'ennui. C'est alors qu'on sonne à la porte.

Miss Hudson vous présente peu après une femme toute vêtue de blanc. Son élégance n'a d'égal que sa beauté, ce qui ne vous laisse pas insensible. Cependant, l'expression d'inquiétude qu'affiche son visage vous fait penser qu'elle a grand besoin de vos services, ce qui vous ravit.

Vous l'invitez à prendre le thé en votre compagnie et lui demandez la raison de sa venue.

- *Je me nomme Irène Adler. J'ai hérité l'année dernière d'un manoir dans le comté de Surrey,* explique-t-elle. *Il était abandonné depuis des années, mais j'ai décidé de m'y installer car la vie londonienne m'épuise. J'ai vendu mon appartement pour financer les travaux de remise en état et cela fait maintenant quelques semaines que j'y vis.*
- *Fort bien. Mais quel est votre problème, au juste ?* demandez-vous, irrité par la banalité de cette entrée en matière.
- *Ce manoir est hanté. Je ne peux plus y remettre les pieds.*
- *Pardonnez-moi, madame, mais voilà une révélation qui prête à sourire !*
- *Voyons, Holmes, c'est une cliente dans le besoin,* bougonne Watson.

- *Je comprends votre réaction, monsieur Holmes,* poursuit-elle. *Moi non plus je ne croyais pas aux fantômes. Pourtant, je vous assure qu'il se passe des choses inexplicables et terrifiantes dans ce manoir. J'aimerais que vous l'inspectiez pour comprendre ce qui s'y passe.*

Devant sa détresse, vous acceptez d'enquêter. Même si cette affaire ne vous semble pas sérieuse, elle tombe à point nommé. Et puis, ça vous changera des faits divers canins !

Le lendemain, lady Adler, miss Hudson, John Watson et vous partez en fiacre pour inspecter le manoir hanté. Les deux dames descendent ensemble au village voisin afin de vous y attendre, tandis que vous achevez le trajet jusqu'au manoir en compagnie de Watson. Lorsque vous arrivez, des flocons de neige tombent lentement et une brume froide aux allures de linceul enveloppe les lieux.

DES BRUITS DANS LA BRUME

Sitôt le fiacre parti et le bruit des sabots dissipé, un silence total s'empare des lieux. Quel contraste avec le bruyant tumulte de Londres ! Durant quelques instants, au gré d'une brise fugace, un bruit sourd et lancinant résonne dans la brume.

☞ D'où vient ce bruit ?

UNE SERRURE RÉCALCITRANTE

Devant le portail, vous insérez la clé que vous a donnée Irène Adler. Étonnamment, elle ne tourne pas dans la serrure, qui n'est pourtant pas gelée et qui est toute neuve. Heureusement, vous avez sur vous un passe-partout.

☞ Trouvez le nombre manquant pour déverrouiller la serrure.

GRAVÉ DANS L'ESCALIER

Le portail franchi, vous parcourez l'allée qui mène au manoir. Arrivés au pied du perron, vous apercevez une succession incompréhensible de lettres gravées dans la pierre de la première marche.

☞ Que signifie-t-elle ?

_ _ _ _ _ _ _

UNE PORTE VERROUILLÉE

Guère rassuré par cet avertissement, vous n'en restez pas moins déterminé à entrer dans le manoir. Arrivés devant la porte, vous constatez une nouvelle fois que la clé de lady Adler ne tourne pas. Vous utilisez donc votre précieux passe-partout.

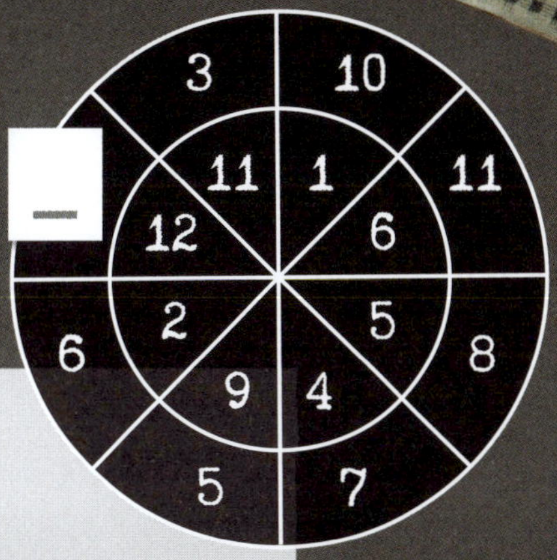

☞ Trouvez le nombre manquant pour déverrouiller la serrure.

ENTRE PANIQUE ET LOGIQUE

Lorsque la porte s'ouvre enfin, vous pénétrez dans le hall d'entrée. La neige a redoublé dehors et le froid semble vouloir s'installer.

VLAN !

La porte claque derrière vous avec une violence inouïe. Watson regarde la porte avec circonspection et vous constatez que vous avez à peu près le même air en voyant votre reflet dans un miroir.

- *C'est étrange, je n'ai pas senti de courant d'air,* déclare Watson.
- *C'est pourtant la seule explication rationnelle. Je ne vois en effet aucun ressort de rappel derrière cette porte.*
- *Croyez-vous que cela pourrait être un…*
- *Un fantôme ?*
- *Oui, par exemple.*
- *Mon cher Watson, je vous garantis qu'il n'y a pas plus de fantôme ici que dans les châteaux d'Écosse.*
- *Je veux bien vous croire. Cependant, il se passe des choses étranges. Comment expliquez-vous ces clés qui ne tournent pas dans leurs serrures ?*
- *Élémentaire, quelqu'un a changé les serrures entre le départ de lady Adler et notre arrivée.*

ENQUÊTE 2

- Oui, c'est possible, en effet. Mais cette étrange inscription sur le perron... Qu'en pensez-vous ?

- Watson, je suis depuis peu et malgré moi devenu expert en canidés. Je peux vous affirmer que si un panneau indique « Attention, chien méchant » sur la clôture d'une propriété, c'est avant tout pour faire fuir les gens mal intentionnés et les curieux. Souvent, le chien en question est soit inexistant, soit dans l'incapacité physique de se mesurer à un être dépassant mes genoux.

- Vous pensez donc que quelqu'un cherche à éloigner les gens de ce manoir.

- C'est à mon avis l'hypothèse la plus plausible, et nous devons trouver pourquoi. Je sens que ce manoir cache quelque chose.

- Lady Adler, elle, parle de fantômes.

- Je vous garantis qu'elle n'en parlera plus lorsque nous aurons bouclé cette enquête, Watson.

Sur ces mots, vous enlevez vos pardessus humides et froids pour vous mettre à l'aise. Le manoir n'est pas chauffé, mais il y fait tout de même bien meilleur qu'à l'extérieur.

LES CARTES DU GUÉRIDON

Vous commencez par inspecter le salon. Un guéridon attire votre attention car un étrange cercle de cartes y est posé. Des lettres de sang apparaissent au milieu, comme par magie.

☞ Déchiffrez ce message.

_ _ _ _ _

ENQUÊTE 2

DES FLAMMES SPONTANÉES

Un feu s'allume soudainement dans la cheminée. Des étincelles crépitent autour de lui.

☞ Ces étincelles auraient-elles une signification ?

UNE CHEMINÉE PERCÉE

Cette cheminée vous intrigue. Vous remarquez des orifices dans le fond de l'âtre.

☞ Reliez tous les points en traçant cinq traits, sans lever votre crayon et en retournant à votre point de départ.

LES ÉPÉES ONT BOUGÉ

Une des boiseries murales est décorée avec des épées. Vous êtes persuadé qu'elles ont changé de position pendant que vous examiniez la cheminée.

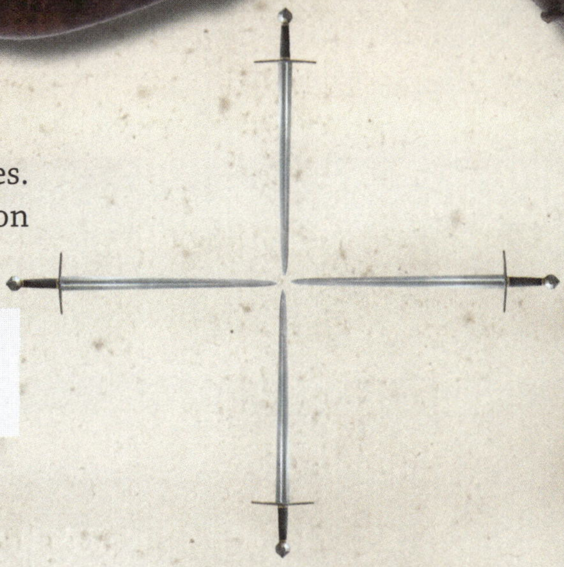

☞ Parviendrez-vous à déplacer une seule épée pour former un carré ?

TOUT S'EXPLIQUE

Il se passe d'étranges événements dans ce salon. Vous commencez à comprendre pourquoi lady Adler a pris peur. Cependant, vos premières découvertes montrent qu'il ne s'agit là que d'artifices soigneusement élaborés.

Voyant l'air circonspect de Watson, vous lui donnez quelques explications.

- *Voyez-vous, Watson, ces épées ne sont accrochées au mur par aucune fixation.*
- *Comment tiennent-elles, alors ?*
- *Des aimants doivent être dissimulés entre les boiseries.*
- *Cela expliquerait qu'elles aient bougés toutes seules.*
- *Oui, sans compter que quelqu'un peut avoir agi sur les aimants.*
- *Et le feu ? Comment a-t-il pu s'allumer tout seul ?*
- *Élémentaire ! De petits conduits sont présents au fond de l'âtre de la cheminée. Ils doivent servir à faire circuler un gaz inflammable. Quant aux étincelles, je pense qu'elles sont produites par frottement mécanique, peut-être à l'aide d'un alliage à base de fer et de mischmétal.*
- *Vous pensez donc qu'une intervention humaine est aussi à l'origine de cette combustion spontanée ?*
- *Tout à fait. Et il en est de même pour ces lettres de sang sur le guéridon.*
- *Que nous avons vues tous deux apparaître.*
- *En effet, Watson, mais elles étaient déjà là quand nous sommes entrés. Il doit s'agir d'un réactif liquide qui prend une teinte rouge au bout d'un certain temps.*

Watson balaye le salon du regard et demande :

- *Ce manoir serait donc rempli d'illusions ?*
- *Oui, de toute évidence. Elles sont là pour effrayer tous les visiteurs en jouant sur leurs peurs naturelles et sur leurs croyances.*
- *Vous semblez convaincu que quelqu'un cherche à éloigner les curieux.*
- *Oui. Je pense que ce manoir n'est qu'une façade qui cache quelque chose de très important.*
- *Nous en savons assez sur les phénomènes surnaturels qui ont lieu ici, Holmes. Ne serait-il pas préférable de partir ?*
- *Il n'en est pas question, je m'amuse comme un fou et nous sommes sur le point de découvrir un secret. Allons explorer l'étage.*

UN TABLEAU MYSTÉRIEUX

Lorsque vous montez l'escalier, un tableau bascule et manque de vous faire chuter. Les œuvres voisines ont un nom et un nombre inscrits sur leurs cadres.

☞ Quel est le nombre manquant ?

SHERLOCK HOLMES
CONSULTING DETECTIVE
221 B BAKER STREET
LONDON NW1

LE LIT LÉVITANT

Vous arrivez dans une chambre où un lit lévite comme une plume soulevée par le vent. Une explication rationnelle doit pouvoir éclaircir ce phénomène.

☞ Cette charade vous aidera-t-elle ?

_ _ _ _

- Mon premier est toujours devant la fenêtre.
- Mon deuxième est allongé au milieu du lit.
- Mon troisième est érigé en tête de lit.
- Mon quatrième est posé au bord du tapis.

Mon tout permet de faire léviter le lit.

LE MUR ENSANGLANTÉ

Sur le mur, vous voyez des inscriptions en lettres de sang qui n'ont aucun sens. Elles semblent pourtant indiquer quelque chose.

☞ Quel mot peut compléter la dernière ligne ?

____

3 + 3 = HUIT

2 + 2 = POISSON

7 + 7 = ?

LE TRIANGLE MAUDIT

Votre attention se porte soudain sur un plateau de jeu. Des pions sont disposés en triangle et un message inscrit sur une feuille de papier est placé juste à côté.

☞ Méritez-vous le paradis ou l'enfer ? Formez un triangle identique pointé vers le bas en ne déplaçant que trois pions.

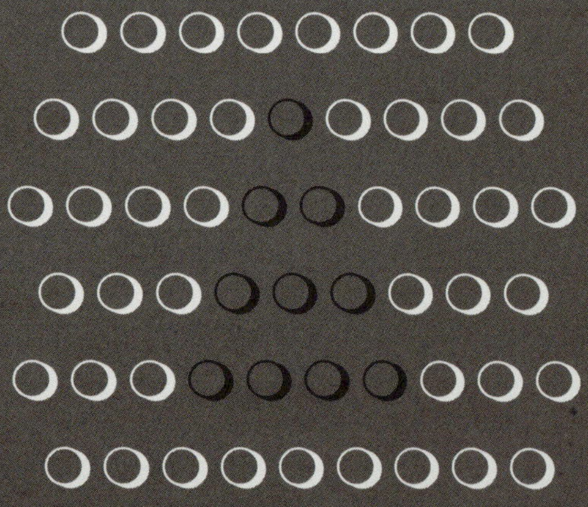

LE SPECTRE DU MANOIR

Sitôt le dernier pion déplacé, un souffle jaillit sur vos visages. Un étrange effluve envahit l'atmosphère. Cette senteur florale enivrante met tous vos sens en veille. Votre tête bourdonne et votre vision se voile. Watson semble être tout aussi atteint. Vous vous sentez tous deux comme dans un état second, incapables de faire le moindre mouvement.

Une silhouette apparaît alors dans la chambre. Il s'agit d'une femme voilée, toute de blanc vêtue, qui flotte dans l'air en silence, tel le fantôme d'une mariée égarée. Son visage livide et inexpressif inspire la peur. Elle tournoie dans la pièce, passe entre vous, monte, descend... Ses mouvements forment des arabesques aux allures de signes ésotériques. La fenêtre s'ouvre brutalement et le spectre voilé sort par l'ouverture.

Vous vous sentez irrésistiblement attiré vers ce passage. C'est comme si vos pas étaient contrôlés par une force invisible. Vous tentez cependant de lutter en vous concentrant sur le rationnel. *Ce n'est pas réel, c'est une fourberie*, pensez-vous, mais vous avancez inexorablement vers la fenêtre.

Vous parvenez à reprendre vos esprits au moment où Watson a déjà un pied sur la fenêtre. Bondissant vers lui, vous le tirez violemment en arrière. Sa chute sur le plancher et la roulade qui s'ensuit le font revenir à lui.

- *Que s'est-il passé ?* demande-t-il, groggy.
- *Nous avons été drogués, Watson. Des vapeurs hallucinogènes nous ont poussés à voir ce fantôme qui n'existe pas, et nous avons bien failli nous jeter nous-mêmes dans le vide.*
- *Ce manoir est dangereux, Holmes. Je vous répète que nous devons partir sur le champ.*
- *Allons, Watson, nous commençons à peine à nous amuser !*
- *Ben voyons ! Un tableau qui veut nous écraser, un lit qui lévite, du sang sur les murs, et maintenant un fantôme qui pousse au suicide. Vous trouvez ça amusant, vous ?*
- *Follement, mon cher Watson ! Le tableau était relié à un mécanisme dissimulé dans le mur, le lit était suspendu par des fils de pêche, le sang suintait de minuscules orifices aménagés dans les boiseries, et nous avons bêtement actionné le piège que recelait ce chevet en suivant les indications qui nous étaient données. Les trésors d'ingéniosité déployés pour faire fuir les gens sont extrêmement intéressants et décuplent mon envie de faire la lumière sur ce que cache ce manoir.*

LE GARDE DE MÉTAL

Vous poursuivez votre exploration du manoir en redoublant de prudence. Dans le couloir de l'étage, vous passez devant une armure médiévale. Tout à coup, la hallebarde qu'elle tient s'abat sur vous !

☞ Dans l'image ci-contre se cache une expression qui pourrait vous rassurer. Quelle est-elle ?

DES ÉPÉES MENAÇANTES

Vous passez devant une série d'épées. Elles sont toutes numérotées à l'exception de la dernière.

☞ Quel est le numéro manquant ?

21 4 20 17 3 19 19 8 _

LES BOUCLIERS COLORÉS

À côté des épées se trouve une collection de boucliers. Ne vous réservent-ils pas une mauvaise surprise ?

☞ Associez chaque couleur de bouclier à un chiffre différent.

RANGEMENT HÉTÉROCLITE

Au fond du couloir se trouve une commode sur laquelle des objets ont été disposés dans un ordre apparemment bien déterminé. Un espace vide indique qu'il en manque un.

☞ De quel objet s'agit-il ?

STATUETTE - CLÉ - BOUGIE - STYLO - CENDRIER

FRAYEUR DANS LA CUISINE

Entre les nombreux objets sans intérêt et les pièges disséminés un peu partout, vous finissez par être convaincu que cette fouille de l'étage ne vous mènera à rien. Vous décidez donc de redescendre au rez-de-chaussée.

Vous entrez dans la cuisine, qui est bien tenue et entièrement équipée.

Soudain, des couteaux jaillissent vers vous ! Vous les évitez *in extremis* et ils se plantent dans le mur.

- *Ce manoir est criminel, Holmes !* s'exclame Watson.

- *Je reconnais que nous l'avons échappé belle. Toutefois, je ne peux m'empêcher de penser que nous approchons du but.*

- *Mourir dans une maison de campagne loin de tout, c'est ça votre but ?*

- *Non, Watson. Découvrir ce qui mérite tant de défenses, voilà ce qui compte. Ce doit être très sérieux et je vous répète que cela n'a rien à voir avec des histoires de fantômes.*

- *Je suis d'accord avec vous, Holmes. Cependant, même si aucun fantôme ne hante ces lieux, ce qui s'y passe est diabolique et dangereux. Je ne veux pas risquer ma vie pour une enquête champêtre.*

Vous reconnaissez que Watson n'a pas entièrement tort. Risquer sa peau pour aider une inconnue qui ne cherche qu'à se rassurer peut en effet sembler idiot. D'un certain point de vue, cette enquête n'a aucun sens. Il serait peut-être plus sage d'écouter votre ami et de partir. Une fois revenus à Londres, vous n'auriez plus qu'à conseiller à lady Adler de tirer un trait sur cette maison.

Cependant, comme vous n'êtes pas insensible à son charme, une telle issue vous semble difficile à assumer. Mérite-t-elle que vous mettiez votre vie en jeu ? Quoi qu'il en soit, vous êtes convaincu que le nœud de toute cette affaire se trouve quelque part dans ce manoir. Cette seule conclusion vous pousse à poursuivre vos investigations, fidèle à votre nature opiniâtre.

Un examen des casiers dans lesquels étaient rangés les couteaux vous montre qu'ils sont équipés de systèmes de projection à ressorts. Une nouvelle fois, il n'y a donc rien de surnaturel dans ce qui vient de se passer.

CHAISES ET CISEAUX

Tout à coup, des chaises se mettent à bouger sur le carrelage et des ciseaux virevoltent dans la cuisine. Encore un piège !

☞ Pour éviter tous les objets, dénombrez-les, sachant que vous comptez en tout huit objets et vingt-huit pieds ou pointes.

DANS LE BUREAU

Fuyant la cuisine, vous vous rendez dans une autre pièce que vous espérez moins dangereuse. Il s'agit d'un bureau joliment décoré.

☞ Reconstituez son image pour y trouver un mot dissimulé.

I R R I T S O

_ _ _ _ _ _ _

TIROIRS EN SÉRIE

Les tiroirs du bureau sont verrouillés. Vous les crochetez l'un après l'autre avec aisance. Cependant, le dernier tiroir vous résiste.

☞ Pour l'ouvrir, trouvez la séquence manquante.

II-VII-IX-V III-V-VIII-II I-VII-VIII-VI II-IV-VI-II III-IV-?-?

SOMMEIL ET RÉVEIL

Sitôt le dernier tiroir ouvert, vous vous sentez subitement fatigué. Vos paupières se ferment inexorablement. C'est à peine si vous discernez la silhouette de Watson qui s'écroule sur le tapis. À votre tour, vous êtes sur le point de sombrer dans un profond sommeil.

☞ Luttez pour ne pas sombrer dans le sommeil.

Obtenez 24 en utilisant une seule et unique fois les chiffres 5, 5, 5 et 1. Les nombres à virgule sont utilisables dans les étapes intermédiaires.

Les seules opérations autorisées sont l'addition, la soustraction, la multiplication et la division.

DISPUTE SOUS LA NEIGE

Vous reprenez vos esprits et réveillez votre ami Watson. Comme il a du mal à émerger, vous ouvrez la fenêtre en grand. Le froid vif du dehors s'engouffre dans le bureau. Watson frissonne et revient totalement à lui.

- *Que s'est-il passé ?* demande-t-il.

- *Nous avons une nouvelle fois actionné un piège. Ces tiroirs devaient contenir un puissant gaz soporifique qui s'est libéré quand nous les avons ouverts.*

- *Cette fois, c'en est trop ! Je pars ! Suivez-moi ou pas, je m'en fiche !*

Sur ces mots, Watson quitte le bureau et sort du manoir. Après une brève hésitation, vous lui emboîtez le pas. La neige a tout recouvert mais a cessé de tomber.

- *Attendez, Watson !* criez-vous.

Il s'arrête et se retourne. Son visage exprime la colère, et vous savez que vous allez devoir user de finesse pour le convaincre de rester avec vous.

- *Vous n'allez tout de même pas rentrer à Londres en marchant. Vous finiriez gelé avant même d'avoir atteint le village où nous attendent miss Hudson et lady Adler.*

- *Tout ce que je veux, c'est m'éloigner d'ici !*

- *Allons, Watson, vous savez bien que j'ai besoin de vous.*

- *Ce manoir est un piège. Je ne veux plus y mettre les pieds !*

- *Si je continue seul cette enquête, j'ai toutes les chances d'y rester. Vous êtes docteur. Ne tenez-vous donc pas à ma vie ?*

Watson réfléchit un instant, puis réplique :

- *Vous me prenez par les sentiments. Ce que vous faites là est malhonnête, Holmes !*

Satisfait de cette victoire, vous souriez. Toucher la corde sensible de votre ami est pour vous un jeu d'enfant.

Vous rejoignez Watson et l'invitez à retourner dans le manoir. C'est alors que vous remarquez quelque chose d'étrange. La neige recouvre tous les abords du bâtiment, à l'exception d'une zone rectangulaire située au pied d'un mur.

- *Regardez la neige, Watson,* déclarez-vous en désignant votre trouvaille. *Ce n'est pas normal, le manoir n'est pas chauffé.*

- *De toute façon, rien n'est normal ici,* grommelle Watson.

LES TRACES DES FANTÔMES

En approchant du mur, vous voyez des empreintes de pas dans la neige.

- *Regardez, Watson, on dirait que nos fantômes sont partis en laissant des traces.*

☞ Suivez cette suite logique de pas et complétez-la, sachant que chaque pas a un prédécesseur.

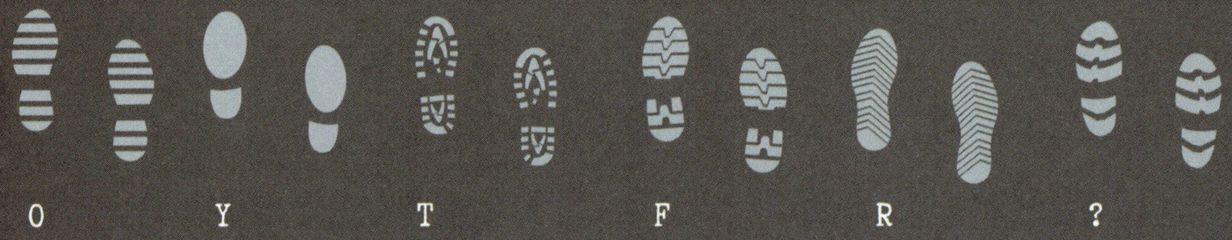

SOUS LA NEIGE

Les traces partent de la zone où la neige a fondu. Il y avait donc six personnes dans ce manoir. Vous vous intéressez à la zone où la neige a fondu.

☞ Dénombrez les rectangles contenus dans cette figure pour identifier le code qui révélera ce qu'elle cache.

LE SECRET DU MANOIR

Vous découvrez une trappe que vous vous empressez d'ouvrir. Dessous, un escalier s'enfonce dans le sous-sol du manoir. Il aboutit dans une cave où se trouve une grosse machine. Le bruit que vous avez brièvement entendu en arrivant devait venir d'ici.

☞ Complétez verticalement les mots pour trouver ce que fabrique cette machine.

T	É	A	I	B	B
R	C	N	D	A	U
C	O	L	A	A	I
E	U	E	L	L	N

_ _ _ _ _ _

DÉNOUEMENT

Cette neige providentielle a sauvé votre enquête qui, il faut bien l'avouer, était mal engagée. Ce manoir cachait donc une simple installation de faux monnayeurs. Voilà une découverte qui intéressera tout de même Scotland Yard et l'inspecteur Lestrade. Un fiacre vous conduit au village voisin. Là, vous retrouvez miss Hudson. Elle est dans tous ses états.

- *Enfin vous voilà !* s'exclame-t-elle. *Lady Adler a disparu et ma clé de maison aussi !*

Intrigué, vous décidez de rentrer à Londres. Sur le chemin du retour, vous repensez à tous les pièges et stratagèmes employés par les escrocs pour faire fuir les curieux. Vous doutez. Tout ceci est trop élaboré. Ce n'est pas logique. À votre arrivée au 221b Baker Street, vous avez une désagréable surprise. La police est devant la porte et vous êtes attendus de pied ferme. Vous apprenez que la banque de la rue voisine vient d'être cambriolée. Les voleurs sont passés par la cave de votre maison, dont ils ont cassé le mur qui donnait sur la salle du coffre.

- *Mon cher Watson, je pense que lady Adler nous a offert des faux fantômes pour avoir le champ libre.*
- *Alors tout ceci n'était qu'une diversion ?* demande Watson.
- *Oui, j'ai bien peur que la dame blanche ne hante mes rêves pendant longtemps. Ceci dit, elle a du chien…*

ENQUÊTE 2

ENQUÊTE 3

LE CAMARADE DISPARU

SOLIDARITÉ ÉTUDIANTE

En cette belle matinée, un rayon de soleil traverse la fenêtre et d'agréables effluves de thé flottent dans le salon. L'esprit encore embrumé par un sommeil jalonné de rêves alambiqués, vous vous installez dans votre fauteuil. Saisissant le journal fraîchement livré, vous allez directement à la page des faits divers, où un article vous sort brutalement de votre torpeur. On y évoque la disparition d'un homme dont le nom, Edward Trevor, vous plonge dans des souvenirs de jeunesse. Plongé dans votre lecture, vous ne remarquez pas que vous n'êtes plus seul dans la pièce.

- *Que vous arrive-t-il, Holmes ? Vous avez une mine déconfite.*

- *Une de mes connaissances a disparu,* répondez-vous sans lever les yeux du journal.

- *Vous comptez la retrouver ?*

- *Évidemment, mon cher Watson. C'est une question de solidarité étudiante !*

Vous résumez à votre ami les détails de cet article : la disparition est survenue durant la nuit au domicile de Trevor, son épouse n'a ni vu ni entendu quoi que ce soit, elle n'a constaté l'absence de son mari qu'à son réveil et a prévenu la police.

Sans perdre de temps, vous prenez vos affaires et demandez à Watson de vous suivre. C'est en fiacre que vous vous rendez chez Trevor. Son adresse n'était pas précisée dans l'article, mais un rapide coup d'œil dans l'annuaire vous a aidé à la retrouver : vous voici dans Victoria Street, une rue huppée de Londres.

Vous frappez à la porte. Son épouse vous ouvre. Elle a l'air triste et déboussolée.

- *Mes respects, madame. Je vous présente John Watson, mon collaborateur. Quant à moi, je suis Sherlock Holmes. J'ai étudié au collège avec monsieur Trevor. Je viens d'apprendre sa disparition, j'aimerais vous aider à le retrouver.*

- *La police m'a déjà promis de faire tout ce qui est en son pouvoir pour le retrouver,* répond-elle.

- *Je n'en doute pas, mais en tant que détective, je peux sans doute les aider. Pouvons-nous entrer ?*

La dame accepte et vous conduit dans le salon.

UN INTRUS DANS LE SALON

Tandis que Mme Trevor part dans la cuisine pour faire du thé, votre œil expert scrute le salon et s'arrête sur certains objets.

☞ Trouverez-vous l'intrus parmi eux ?

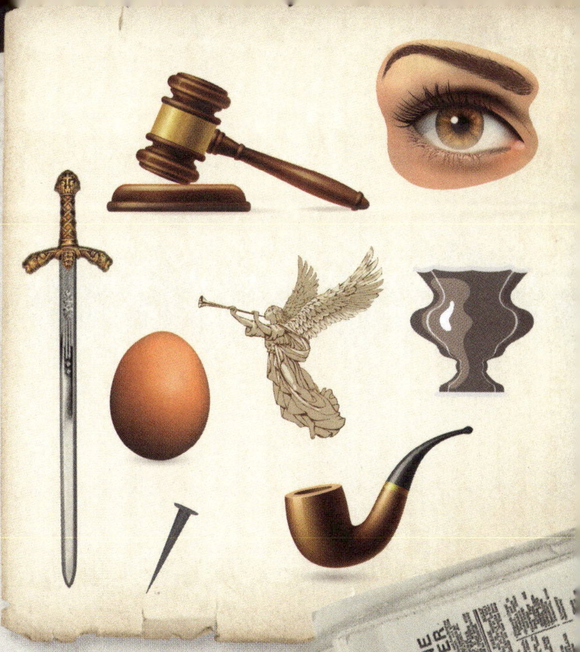

MOTS ET SANGLOTS

Madame Trevor vous sert du thé. Elle est tellement chamboulée que ses paroles, mêlées de sanglots, sont difficiles à comprendre.

☞ Que dit-elle, sachant qu'elle parle de son époux ?
« RTS JUTZC JXY HTRRNXXFNWJ-UWNXJZW. »

_ _ _   _ _ _ _ _   _ _ _
_ _ _ _ _ _ _ _ _ _ _ - _ _ _ _ _ _ _

LE NOM OUBLIÉ

Madame Trevor ne connaît aucun ennemi à son époux. Elle se souvient cependant d'un visiteur qui, récemment, est parti fâché et en claquant la porte après une discussion animée avec son mari. Elle ne se rappelle plus son nom, mais elle se souvient de certaines de ses particularités :

- Son nom contient les lettres N, E, R, et G.
- Il y a une consonne au début et à la fin.
- Le R n'est ni au début, ni à la fin.
- Il y a deux voyelles voisines.
- Le N est juste après une voyelle.
- Son nom s'écrit en cinq lettres.

_ _ _ _ _

ENQUÊTE 3

SHERLOCK HOLMES
CONSULTING DETECTIVE
221 B BAKER STREET
LONDON NW1

UN VISITEUR CHARGÉ

Madame Trevor se souvient que le visiteur est venu avec trois objets : un livre, une boîte et une enveloppe. L'enveloppe était épaisse, l'objet rouge était vieux et la boîte était blanche.

☞ Quel objet était marron et quel objet était lourd ?

Objet marron : ____________

Objet lourd : ____________

LE BUREAU DE TREVOR

Cette dispute a eu lieu juste avant la disparition d'Edward. Or, vous qui l'avez côtoyé durant plusieurs années au collège, êtes sûr d'une chose : Edward ne s'emporte pas facilement. Il devait donc s'agir d'un sujet très sensible ! Voici une piste intéressante à suivre. Des souvenirs de vos années d'étudiant ressurgissent. Vous vous souvenez de Trevor comme d'un camarade studieux et loyal, passionné par les objets antiques. Vous n'êtes donc pas surpris qu'il ait embrassé une carrière de commissaire-priseur.

Très affectée, madame Trevor explique que la discussion a eu lieu dans le bureau de son mari. Vous lui demandez de le visiter car vous espérez y trouver des éléments qui vous permettraient de comprendre la teneur des propos qui s'y sont tenus. Elle accepte et vous y accompagne avant de vous laisser.

Une fois dans le bureau, vous en examinez attentivement tous les détails. Les lieux de travail en disent souvent beaucoup sur les habitudes de ceux qui y vivent et sur leurs préoccupations. Celui de Trevor ne doit pas échapper à cette règle. Vous commencez donc à fouiner un peu partout.

- *Cherchez-vous les objets que le visiteur a amenés, Holmes ?* demande Watson.

- *Non, je pense qu'ils ne sont pas ici.*

- *Alors que faisons-nous dans ce bureau ?*

- *Mon cher Watson, ça me semble évident. Nous cherchons une explication à la venue de ce visiteur et à sa dispute avec Edward Trevor. D'une manière ou d'une autre, un bureau garde toujours la mémoire de ce qu'y fait son occupant.*

Après avoir regardé avec émotion le fauteuil vide de votre camarade d'études, vous poursuivez vos investigations.

CRAYONNAGE RÉVÉLATEUR

Sur le bureau, vous apercevez un agenda. La page de cette semaine a été déchirée. Vous prenez un crayon et noircissez la page suivante afin de révéler les marques laissées par la pointe du stylo. Comme le résultat n'est pas parfait, vous réitérez votre astuce sur deux autres pages.

☞ Identifierez-vous ce qui était écrit sur la page manquante ?

____

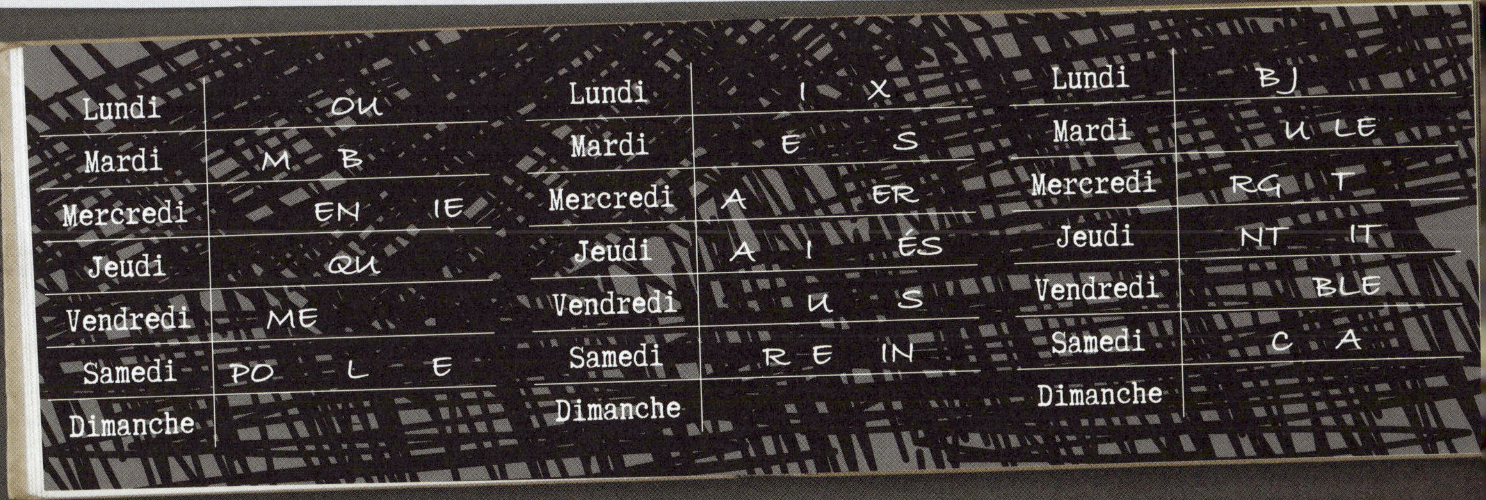

UNE PHOTO EN MORCEAUX

Vous trouvez des bandes de papier cartonné dans la corbeille. Il s'agit de fragments d'une photo représentant des meubles. Des lettres ont été inscrites dessus.

☞ En reconstituant l'image, vous identifierez peut-être le mot qui était sur cette photo.

_ _ _ _ _ _

ENQUÊTE 3

MESSAGE SECRET

Vous remarquez un vieux livre rouge qui vous fait penser à celui qu'a apporté le mystérieux visiteur. Il traite de l'Égypte antique. Entre des pages consacrées aux divinités, vous trouvez deux feuilles de papier volantes.

☞ Quel message cachent-elles ?

L	R	U	A	P	M	X	S	B	T
A	L	T	C	H	J	U	K	R	E
T	E	G	T	V	A	C	E	N	S
R	E	R	H	Q	C	A	U	B	M
I	D	S	V	E	R	J	E	A	N
A	L	V	F	E	N	Z	C	T	K
G	E	B	X	G	P	J	O	R	E
Y	D	T	U	A	V	D	L	I	N

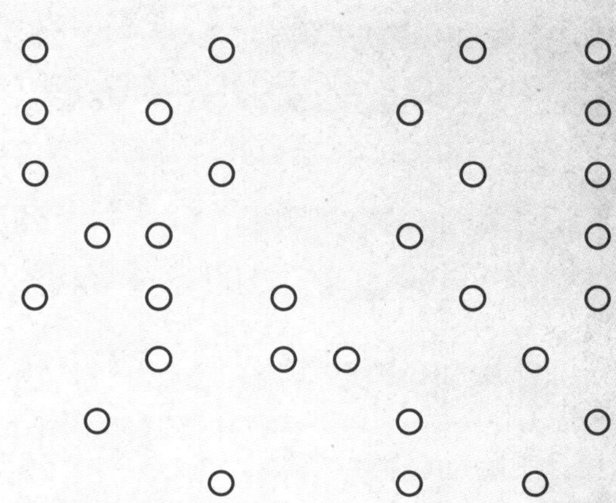

UNE PILE D'INDICES

Vous recoupez les indices trouvés jusqu'ici en remplissant les cases.

☞ Quel haut lieu de Londres avez-vous trouvé ?

_ _ _ _ _ _ _   _ _ _ _ _ _ _

FAUTEUIL, STATUETTE, TREVOR, CODES, CONFLIT, GREEN, ANUBIS, ENVELOPPE, HOBBY, LIVRE, BUREAU, ÉGYPTE, MARTEAU.

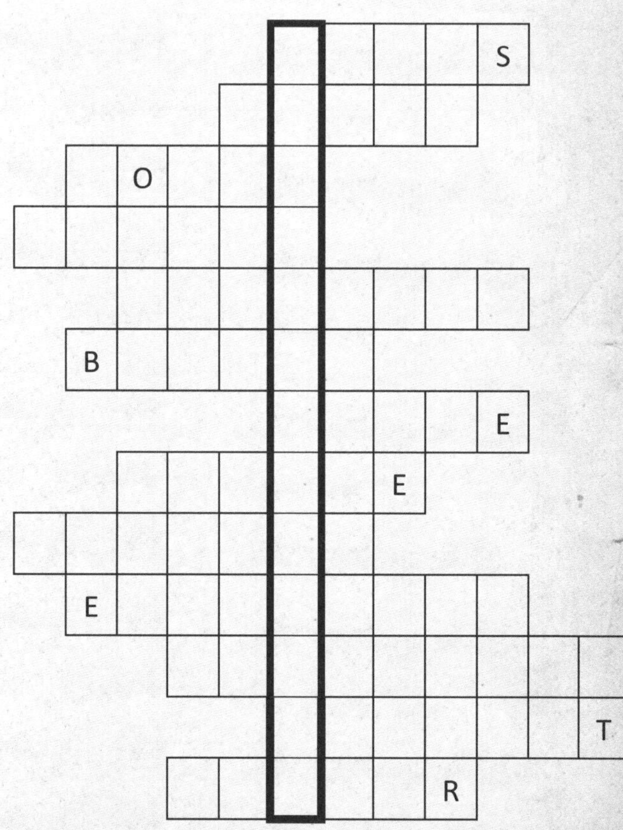

ENQUÊTE 3

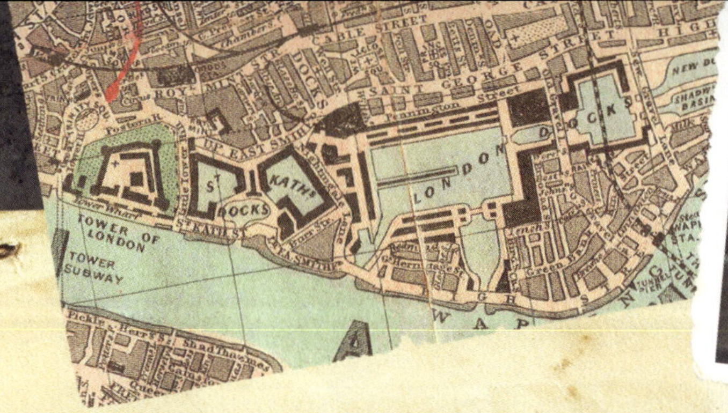

DES IDÉES DURANT LE TRAJET

Satisfait de vos découvertes, vous quittez la maison après avoir remercié et rassuré votre hôtesse. Vous vous arrêtez un instant dans la rue pour réfléchir.

- *Pensez-vous que ce mystérieux monsieur Green soit le responsable de la disparition de Trevor ?* demande votre ami.
- *Et vous, qu'en pensez-vous, Watson ?*
- *Personnellement, je ne pense pas qu'une dispute constitue un mobile suffisant pour faire disparaître quelqu'un.*
- *Sauf si cette dispute implique une somme très importante. L'argent est un mobile qui explique de nombreux crimes.*
- *Qu'est-ce qui vous fait dire ça ?*
- *Élémentaire ! Ce qui s'est dit dans le bureau de Trevor concerne une statuette égyptienne représentant le dieu Anubis. Il doit s'agir d'une antiquité d'une très grande valeur.*
- *Vous pensez donc que Green a enlevé Trevor pour dérober cette statuette ?*
- *Non, la statuette était à lui. Il la transportait dans la boîte qu'il a apportée.*
- *Je ne comprends pas.*
- *Trevor étant commissaire-priseur, je pense que Green voulait vendre sa statuette aux enchères pour en retirer un maximum de profit.*
- *Il n'y a rien d'anormal là-dedans.*
- *Pourtant, Trevor était en désaccord avec Green concernant cette antiquité. C'est clair comme le cristal.*
- *Si vous le dites…*
- *Nous allons y réfléchir en route.*
- *Où allons-nous ?*
- *Nous sommes jeudi, Watson. Nous allons au Crystal Palace, où une vente nous attend !*

Sur ces mots, vous hélez un fiacre et prenez la direction de Hyde Park.

TOP SECRET

LE SECRET DE LA STATUETTE

Cette statuette vous intrigue. Qu'a-t-elle de si particulier pour être ainsi impliquée dans cette affaire ?

☞ Pour le savoir, identifiez les intrus dans ce tableau et déduisez-en un mot.

____

L	E	V	S	O	A
X	N	G	H	C	M
R	Y	K	Y	I	R
B	T	M	G	K	B
I	F	C	S	L	N
V	H	O	U	T	E

LA RÉPONSE DE TREVOR

Ainsi, Green voulait vendre cette statuette et il a dû la proposer à Trevor. Comment ce dernier a-t-il réagi ?

☞ Pour le savoir, résolvez cette charade.

_ _ _ _ _

- On peut trouver mon premier dans ce fiacre mais pas dans l'affectif.
- Mon deuxième marque le début des études.
- Mon troisième est dans les gouffres mais pas dans les grands trous.
- Vous avez vu deux fois mon quatrième dans le bureau.
- Mon cinquième est entre le début de la rue et la fin du tournant.

Mon tout est la réaction de Trevor à la proposition de Green.

LA DÉCISION DE GREEN

La réaction de Trevor a dû contrarier Green. Qu'est-ce que ce dernier a pu faire pour parvenir à ses fins ?

☞ Pour le savoir, décodez ce texte, sachant qu'il contient le mot STATUETTE.

HSIIP E IWOPDI VSIWUS QUYS
WIPFSI TE TVEVYIVVI

_ _

_ _

L'ACTE CRIMINEL

La disparition de Trevor doit s'expliquer par un acte criminel. Mais lequel ?

J → 20 / Y → 100

22 - 36 - 8 - 28 - 4 - 32 - 32 - 36 - 28 - 14

_ _ _ _ _ _ _ _ _ _

☞ Pour le savoir, déchiffrez ce mot en utilisant les indications.

LA VENTE AUX ENCHÈRES

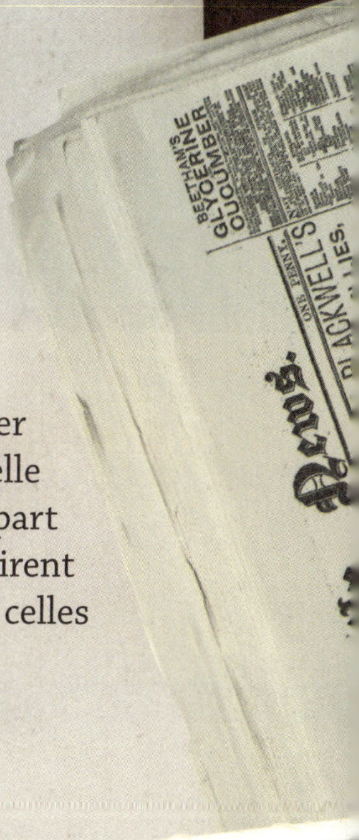

Il y a déjà foule lorsque le cocher arrête le fiacre. Crystal Palace attire en effet beaucoup de visiteurs car c'est un lieu incontournable de Londres depuis qu'il a été bâti pour l'exposition universelle de 1851.

Vous vous mêlez aux curieux et trouvez rapidement l'endroit où doit se dérouler la vente aux enchères. Lorsque vous pénétrez dans la salle, vous constatez qu'elle est bondée. Des antiquités de toutes natures sont exposées sur la scène. La plupart sont assez mal conservées, mais quelques pièces particulièrement rutilantes attirent tous les regards. Certains viennent de Grèce, d'autres d'Italie ou de Perse. Mais celles qui vous intéressent sont évidemment égyptiennes.

- *Pensez-vous trouver Trevor dans cette salle ?* demande Watson.
- *Malheureusement non. Il doit être ailleurs. Cependant, je compte bien trouver ce mystérieux monsieur Green.*
- *Autant chercher une aiguille dans une botte de foin.*
- *Ne vous découragez pas si vite, Watson. J'ai un plan.*
- *Vos plans ont généralement tendance à me causer des maux de tête, Holmes. Pourriez-vous me le résumer en deux mots ?*
- *Patience et observation.*

Le commissaire-priseur qui dirige cette vente est très jeune. Il s'assoit à son pupitre, empoigne son marteau et lance le début de la séance. Il est tellement hésitant que vous vous demandez s'il ne s'agit pas de sa première prestation.

PAGAILLE DE TAILLES

Il est difficile d'observer les gens depuis le fond de la salle... Essayez de compléter cette grille en y mettant les quatre types de personnes vues : immenses, grands, moyens et petits, sachant que :

- Chaque type de personne apparaît une fois dans chaque ligne et chaque colonne.
- Les plus grands cachent les plus petits.
- Les chiffres indiquent le nombre de personnes vues depuis l'endroit où ils sont écrits.

TOUT EST DANS LE REGARD

Vous scrutez à présent la salle, où les mains se lèvent sans cesse pour faire monter les enchères.

☞ Ne voyez-vous pas dans cette salle quatre formes identiques ?

Délimitez ces quatre formes.

VUS DANS LA COHUE

Tandis que la vente bat son plein, le champ de vos suspects se restreint.

			2
	4		2
2			
	1	2	

☞ Complétez cette grille pour localiser cinq suspects en respectant les indications suivantes :

- Il ne peut y avoir qu'un suspect par case.
- Aucun suspect ne se trouve sur les cases contenant des chiffres.
- Chaque chiffre correspond au nombre de suspects présents sur les cases adjacentes, y compris en diagonale.

IDENTIFIER LE SUSPECT

Vous avez réduit la liste des suspects à trois individus.

☞ Trouvez la taille du mystérieux monsieur Green et la couleur de son costume à l'aide de ces observations et de ce que vous avez entendu durant les enchères.

- L'homme en complet bleu de taille moyenne n'est pas monsieur Green.
- Monsieur Black est le plus grand et n'a pas de costume gris.

		Taille			Costume		
		Petit	Moyen	Grand	Noir	Gris	Bleu
Nom	Green						
	Black						
	White						

UN SUSPECT ADJUGÉ

L'enchère suivante concerne une magnifique statuette égyptienne représentant le dieu Anubis. Le commissaire-priseur la présente comme venant du plateau de Gizeh, explique qu'elle date de plus de 4 000 ans et vante son état de conservation exceptionnel avec la verve d'un vendeur ambulant. Comme attendu, celui que vous avez identifié comme étant monsieur Green suit de très près les enchères. Il est tendu et lance des regards avides à tous ceux qui, à tour de rôle, lèvent la main. Le prix atteint une somme indécente et, lorsque le marteau frappe le pupitre, un large sourire de satisfaction s'affiche sur le visage de votre suspect.

- *Mon cher Watson, je suis heureux de constater que monsieur Green a réussi son coup*, déclarez-vous.

- *Comment pouvez-vous vous réjouir d'une telle issue, Holmes ?*

- *Il voulait en tirer un bon prix et il y est parvenu. Désormais, sa méfiance est en berne. C'est idéal pour nous.*

- *Vous avez raison. Faisons-le arrêter, des policiers se trouvent à l'entrée.*

- *Et pour quel motif, Watson ? Non, il faut le laisser agir à sa guise.*

- *Très bien, mais cela ne nous dira pas où se trouve monsieur Trevor.*

- *Je suis désolé de vous contredire, Watson, mais je pense que si. Nous n'avons qu'à le laisser empocher ses gains et le suivre discrètement.*

- *Voyons, Holmes, vous savez bien que je déteste les filatures. Elles finissent toujours mal.*

- *C'est pourtant ce que nous allons faire, et je vous garantis que la route de Green nous mènera d'une manière ou d'une autre à Edward Trevor.*

Le suspect se lève peu après la fin des enchères et se rend dans l'arrière-salle. Vous le suivez en vous frayant un passage parmi la foule. Les coulisses de la salle de vente sont un immense entrepôt où les objets qui ont trouvé acquéreur sont soigneusement emballés. Vous repérez la statuette. Green ne la lâche des yeux que pour accueillir son acquéreuse : une dame âgée dont le pendentif témoigne de sa passion pour l'Égypte antique.

MENTION SPÉCIALE

Désireux de préserver la dame d'une épouvantable escroquerie, vous ne voulez cependant pas vous faire remarquer par Green. Vous décidez donc de rajouter discrètement une mention à l'acte de vente que cette acquéreuse vient de signer.

☞ Observez cette liste de documents repérés par des codes. Classez-les de haut en bas. La nature de la mention que vous allez ajouter correspond, dans ce même ordre, aux premières lettres des codes.

Le document RG25 est plus haut dans la pile que le VLI7.
Le document VLI7 n'est pas voisin du ED36.
Le document EM07 est en bas de la pile.
Le document ED36 est voisin du RS82.
Le document EX48 est au milieu du classement.
Le document ST53 est plus haut dans la pile que le EX48.
Le document RS82 n'a qu'un voisin.

_ _ _ _ _ _ _

CRISTAL CACHE-CACHE

Voilà une précaution qui devrait protéger l'acquéreuse. Hélas, cette petite manipulation vous a malheureusement fait perdre de vue votre cible.

☞ Reliez les personnages colorés par des traits ne pouvant prendre que des directions horizontales et verticales sans qu'ils se croisent et en occupant toutes les cases. Les lettres par lesquelles passe le chemin le plus long vous indiqueront l'endroit où Green s'est rendu.

_ _ _ _ _

FILATURE URBAINE

Vous voici à nouveau dans la rue. Green est monté à bord d'un fiacre. Vous faites de même, mais il a beaucoup d'avance.

☞ **Trouvez l'itinéraire le plus court qui permettra de traverser le quartier en ne tournant qu'à gauche et sans faire demi-tour. Les lettres par lesquelles vous passerez successivement vous donneront la destination de Green.**

_ _ _ _ _ _ _

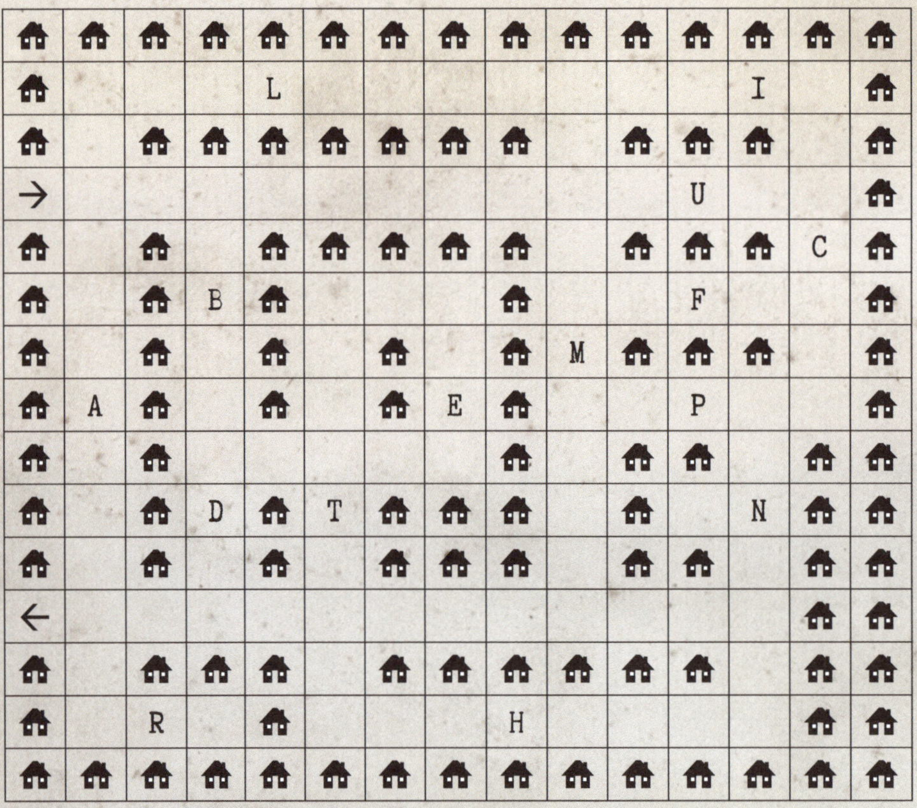

GARDEN-PARTY DE CACHE-CACHE

Le fiacre de Green s'arrête devant une luxueuse propriété. Vous pénétrez dans le jardin. Comment approcher discrètement de la demeure sans vous faire repérer ? La cachette idéale tient en sept lettres.

☞ **Trouvez-la en vous inspirant de ce que cache ce jardin.**

_ _ _ _ _ _ _

LA DEMEURE DU MALFAITEUR

Vous avez outrepassé vos droits en pénétrant dans le jardin de cette propriété, et Watson ne manque pas de vous le signaler :

- *Je vous l'avais dit, Holmes, les filatures se terminent toujours mal. Nous violons la loi en entrant ici.*
- *Mon cher Watson, je m'autorise à penser que la loi est de notre côté.*
- *Un délit reste un délit.*
- *Certes, mais entre une promenade sur une propriété privée et une escroquerie monumentale doublée d'une séquestration, je pense que Scotland Yard ferait vite la part des choses. Et de toute façon, la police n'est pas là. Nous devons agir seuls, comme d'habitude. Tout ce qui compte, c'est de retrouver Edward. Mon petit doigt me dit qu'il n'est pas loin.*

Arrivés devant la demeure, vous en faites le tour dans l'espoir de repérer une fenêtre qui vous permettrait d'observer ce que fait Green. Vous ne tardez pas à en trouver une donnant sur une bibliothèque et vous apercevez Green, qui sort avec une assiette contenant des restes de repas. Il sifflote joyeusement, vraisemblablement ravi d'avoir réussi à vendre sa contrefaçon aussi cher.

- *Voilà qui est surprenant,* s'étonne votre ami. *Cet homme prend-il ses repas au milieu des livres ?*
- *Je ne crois pas que cette assiette contenait son repas, Watson. Il doit s'agir de celui de Trevor.*
- *Il n'y a pourtant personne dans cette bibliothèque.*
- *En apparence, Watson, en apparence…*

EFFRACTION À TÂTONS

Vous remarquez que les croisillons de la fenêtre sont mal fixés. Green s'étant éloigné, vous décidez d'en enlever quelques-uns afin de pénétrer à l'intérieur sans rien casser.

☞ Obtenez trois carrés en enlevant cinq croisillons.

SHERLOCK HOLMES
CONSULTING DETECTIVE
221 B BAKER STREET
LONDON NW1

LE PASSAGE SECRET

Une fois dans la bibliothèque, vous observez les étagères. Cacheraient-elles un passage secret ? Vous apercevez un mécanisme à boutons.

☞ Trouvez la séquence qui permet d'atteindre le bouton carré en ayant appuyé sur tous les autres boutons et en vous déplaçant à chaque fois dans le sens et du nombre de boutons indiqués par les flèches directionnelles.

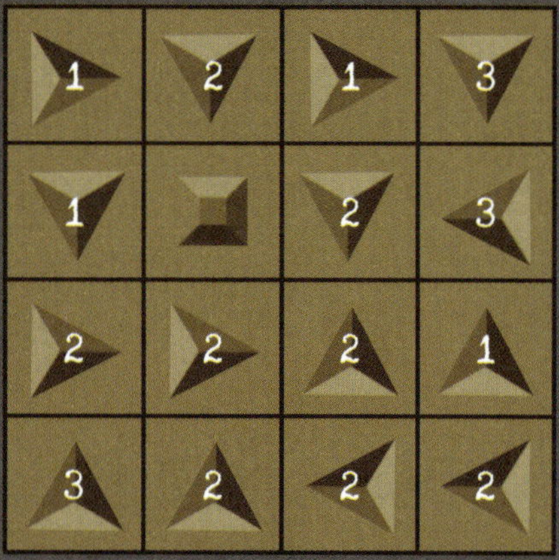

LES COULEURS DE LA LIBERTÉ

Vous découvrez un passage dissimulé derrière la bibliothèque. Vous vous y engagez et arrivez dans un atelier de sculpteur. C'est donc ici que Green fabrique ses contrefaçons. Vous apercevez une porte verrouillée par un cadenas à molettes colorées. Edward Trevor est certainement enfermé derrière.

☞ Trouverez-vous la bonne combinaison ?

2 couleurs bonnes mais mal placées

Aucune couleur n'est bonne

2 couleurs bonnes mais mal placées

2 couleurs bonnes et 1 bien placée

DÉNOUEMENT

Vous déverrouillez le cadenas et ouvrez la porte. Votre ami Edward Trevor se trouve effectivement derrière. Il semble être en très bonne santé. Aussi heureux que surpris de vous voir, il n'a guère le temps de vous remercier car vous le faites sortir le plus vite possible de la propriété de Green.

Green voulait bel et bien faire passer une de ses copies pour un original, mais Trevor ne s'est pas laissé tromper. Il a refusé le pot de vin contenu dans l'enveloppe que lui proposait l'escroc et cela a dégénéré en dispute. Green a donc kidnappé Trevor durant la nuit et l'a séquestré le temps de la vente aux enchères. Le commissaire-priseur remplaçant, peu expérimenté, s'est quant à lui laissé berner par la copie.

Heureusement et grâce à votre perspicacité, tout rentre dans l'ordre. Vous pouvez aller à Scotland Yard pour tout raconter à la police. Green sera arrêté et l'acheteuse de la statuette n'aura rien à payer. Personnellement, vous vous jurez de rester désormais en contact avec Trevor. Après tout, c'est son père qui vous a jadis suggéré de faire une carrière de détective.

ENQUÊTE 3

ENQUÊTE 4

LES ARCANES DE LA MAGIE

LES SURPRISES DE PICCADILLY

Fidèle à sa réputation, Piccadilly Circus fourmille de monde. Ses lumières, ses bruits, ses odeurs. Tout ici appelle au plaisir et au divertissement. Vous n'étiez pourtant pas très enclin à sortir, mais Watson, inquiet de vous voir si renfrogné et irritable, a insisté pour que vous preniez un moment de détente en sa compagnie. Il avait raison car, même si vous ne voulez pas l'avouer, toutes les affaires que vous avez enchaînées ces derniers temps vous ont beaucoup fatigué.

Vous aviez besoin de vous échapper de votre quotidien, et cette soirée est un remède idéal à votre baisse de moral.

Après avoir profité d'un dîner de gourmets dans un des restaurants du quartier, puis avoir marché sur la place en admirant l'élégante et romantique statue d'Éros, vous vous êtes rendus au London Pavilion. Ce music-hall renommé propose toujours des divertissements de grande qualité. Ce soir, c'est à un spectacle de magie que vous avez droit, et ce n'est pas pour vous déplaire. Vous êtes en effet friand de ce genre de prestation. Pour vous, tout ce qui compte est de deviner les procédés permettant de créer les illusions.

Généralement, vous parvenez à établir des hypothèses qui vous offrent des explications suffisantes à la plupart des tours de magie. Seulement, ce soir, vous êtes face au grand Draco, un véritable maître de la prestidigitation, et sa performance vous laisse pantois.

Accompagné d'une charmante partenaire, il enchaîne les tours pour le plus grand plaisir du public. Conquis, les spectateurs pensent certainement que le terme « grand » lui sied comme un gant. Pour votre part, vous le jugez talentueux, certes, mais son attitude sévère, presque hautaine, envers sa partenaire vous dérange quelque peu.

Mais vous vous dites que cela fait partie de son personnage car elle affiche pour sa part un sourire rayonnant en toutes circonstances. Globalement, vous appréciez le début du spectacle que vous trouvez bien monté et rempli d'illusions parfaitement maîtrisées. Ainsi, vous vous prenez volontiers au jeu d'en deviner les secrets.

LES ANNEAUX MAGIQUES

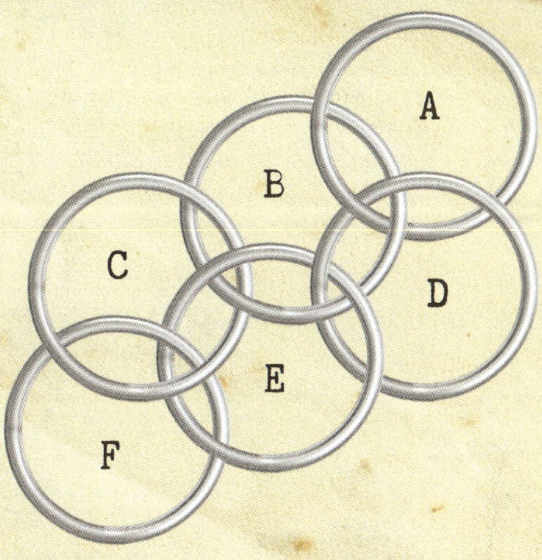

Un des tours consiste à manipuler des anneaux enchevêtrés les uns dans les autres et à former une chaîne après avoir fait disparaître l'un d'entre eux. Vous sentez que vous êtes à deux doigts de comprendre l'astuce.

☞ Trouvez l'anneau qu'il faut enlever pour former une chaîne de cinq anneaux.

LES COLOMBES CACHÉES

Le tour suivant met en scène une colombe que le magicien fait apparaître et téléporte d'un chapeau à un autre. Le rendu est très esthétique, mais vous comprenez que l'illusion tient dans le fait que plusieurs colombes sont cachées dans chaque chapeau.

Si une colombe du chapeau blanc rejoint le chapeau noir, il y aura autant de colombes dans chaque chapeau. Si une colombe du chapeau noir rejoint le chapeau blanc, il y aura deux fois plus de colombes dans le chapeau blanc que dans le chapeau noir.

☞ Combien y a-t-il de colombes dans chaque chapeau ?

LES PIÈCES ALIGNÉES

De temps à autre, le magicien pose une colle à un spectateur afin d'amuser le public. Cette fois, cela tombe sur vous. Draco fait apparaître dix pièces sur un plateau d'une simple passe de main et vous demande d'en déplacer une afin de former deux lignes de cinq pièces.

LA VÉRITÉ EST AU DOS

Peu après, c'est au tour de Watson d'être défié par le magicien. Celui-ci lui présente quatre cartes à doubles faces figure et valeur. Sa question est la suivante : « J'affirme que chaque figure rouge a une valeur noire à son envers. Quelles cartes au minimum devrez-vous retourner pour vérifier mes dires ? »

☞ Répondez avant Watson en cochant les cartes à retourner.

UN DRAME SUR SCÈNE

Les tours s'enchaînent ainsi, entrecoupés de divertissements donnant à quelques spectateurs le privilège de participer et parfois même de monter sur scène. Vous vous doutez bien évidemment que ces entractes servent surtout à laisser aux machinistes le temps de préparer le tour suivant, mais il faut bien reconnaître qu'elles donnent un rythme plaisant au spectacle. Vous n'êtes pas dupe. La magie ne s'improvise pas. Tout est calculé au millimètre ou à la seconde près, et un laborieux travail d'entraînement est nécessaire pour maîtriser les illusions.

À vos côtés, Watson se régale comme un enfant. De temps à autre, il pivote sur son fauteuil pour vous demander ce que vous pensez du tour qui vient d'être présenté. Vous savez pertinemment que cette soirée lui tient à cœur et qu'il l'a organisée dans votre propre intérêt, inquiet qu'il est du surmenage que vous subissez ces derniers temps. Même si les secrets de certains tours vous semblent trop évidents, vous jouez néanmoins la carte de la complicité et confirmez ses critiques dithyrambiques. C'est en effet le meilleur remerciement que vous pouvez lui faire pour prendre ainsi soin de votre santé.

Pour son ultime numéro, annoncé comme étant le clou du spectacle, la partenaire de Draco amène une cage de verre remplie d'eau au milieu de la scène. Draco et elle montent sur une passerelle dominant la cage, puis elle attache les pieds et les mains du magicien avec des cordes.

Sous les roulements de tambour, le magicien plonge dans l'eau. Le haut de la cage est fermé par un solide cadenas et un rideau est tiré devant la cage. Tout le monde s'attend évidemment à ce qu'il s'échappe inexplicablement. Mais lorsque le rideau tombe, il est toujours dans sa prison immergée, au bord de la noyade. Le public s'affole, les visages pâlissent et des cris horrifiés retentissent. Un machiniste déboule sur la scène, une hache en mains. Il brise la paroi de verre et le magicien s'effondre sur la scène dans un jaillissement d'eau !

LE SECRET DE LA BOÎTE

Choqué par cet incident, Watson se rue vers la scène en criant : « Poussez-vous, je suis médecin ! » Vous lui emboîtez le pas et examinez attentivement la cage éventrée tandis qu'il s'occupe du magicien.

☞ Observez attentivement la cage et trouvez un mot de 6 lettres.

_ _ _ _ _ _

RIVETS
PRISON
TOUR
FACES
PROFOND

SPECTACLE
PÂLIR
PIÈGE
EAU
PEUR

CHIMÈRE D'ACIER

Vous repérez une petite trappe dissimulée dans l'armature métallique. Elle permet au magicien de passer la main à l'extérieur de la cage. Il lui faut cependant déverrouiller le cadenas qui bloque le couvercle. Comment s'y prend-il ?

☞ Trouvez un mot.

_ _ _ _ _ _ _

ÇA TIENT AUX LIENS

Watson tente toujours de réanimer le magicien au pied d'une foule curieuse. Vous examinez les cordes qu'il a tranchées avec son couteau de poche afin de comprendre pourquoi l'artiste ne s'est pas libéré.

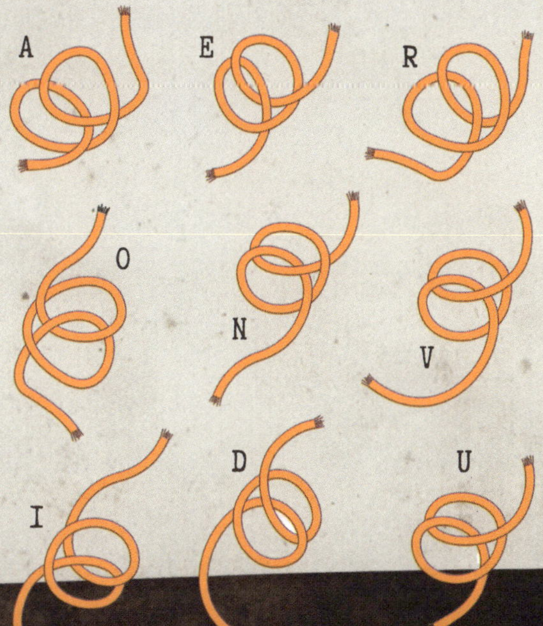

☞ Classez ces liens en deux familles pour former deux mots.

_ _ _ _   _ _ _ _ _

DES MOTS SUR SCÈNE

Vous avez la preuve que le magicien était bel et bien attaché. Il n'avait donc aucune chance de sortir par ses propres moyens. Votre déduction est évidente et tient en un mot.

☞ Lequel ?

____

UN CRIME EN PUBLIC

Tandis que vous examiniez les accessoires, Watson est parvenu à réanimer le magicien, qui est rapidement évacué de la salle par des infirmiers alertés par l'organisation du spectacle. La foule se presse autour de votre ami et exprime bruyamment son soulagement. Il est congratulé par des dizaines d'inconnus qui, à son grand désarroi, lui serrent la main et lui font des accolades. Cette comédie est amusante, mais vous n'avez pas vraiment le cœur à rire. La première conclusion que votre examen de la scène vous a apportée est que ce qui vient de se passer n'est en rien un accident. C'est d'un crime qu'il s'agit, une tentative d'assassinat en pleine représentation publique !

L'évacuation du public est laborieuse et prend une bonne heure. Une fois le calme revenu, le directeur du London Pavilion remercie à son tour le docteur Watson. Cette fois, l'échange, bien que cordial, est beaucoup plus sobre.

- *Docteur, je vous remercie infiniment pour avoir sauvé le grand Draco,* déclare-t-il. *C'est notre artiste vedette et il aurait été dramatique qu'il périsse dans ce regrettable incident.*

Dérangé par cette conclusion hâtive et erronée, vous intervenez aussitôt :

- *Monsieur le directeur, j'ai bien peur qu'il ne s'agisse pas d'un incident.*

- *Je comprends votre remarque, mais sachez que je ne pourrai jamais parler d'accident à la presse, qui ne va pas manquer de me questionner sur cet événement.*

- *Je suis désolé, monsieur, mais ce n'est pas non plus le terme d'accident qui convient.*
- *De quoi s'agit-il, alors ?*
- *D'un crime, monsieur le directeur, et plus exactement d'une tentative de meurtre.*

Abasourdi par vos propos, le directeur reste un instant muet, puis dit :

- *Si vous avez raison, c'est catastrophique pour mon établissement. Nous devons absolument garder cela secret.*
- *Ne vous inquiétez pas, je ne compte pas l'ébruiter. Je vais juste vous demander de nous conduire dans la loge du grand Draco.*
- *Dans la log… Heu… Mais, attendez, qui êtes-vous au juste ?*
- *Sherlock Holmes, détective !*

LA PORTE DE LA LOGE

☞ Trouvez l'assemblage adéquat et identifiez un mot.

_ _ _ _

Entrer dans la loge d'un magicien est un privilège qui n'est pas donné à tout le monde, même pas au directeur. Sa porte est en effet verrouillée et le prestigieux locataire a fait installer une serrure spéciale. Heureusement, vous avez un trousseau passe-partout.

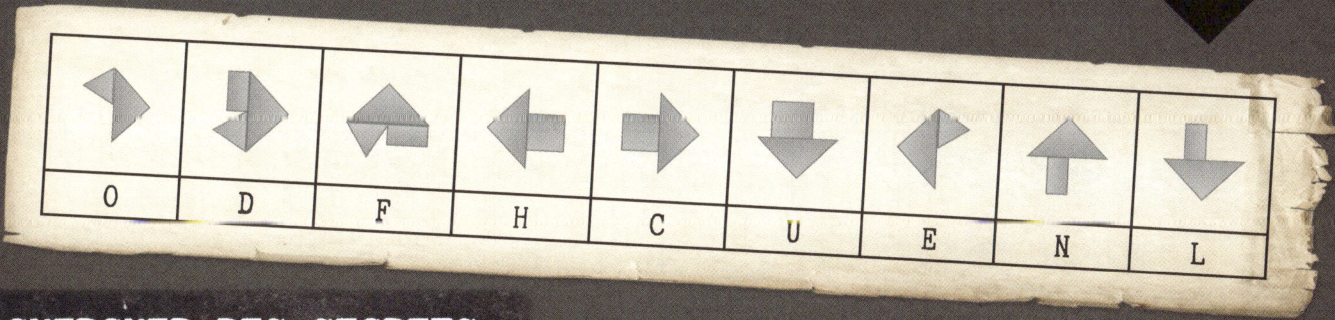

CHERCHER DES SECRETS

Vous commencez à fouiller la loge. Elle est remplie d'objets en tous genres qui font partie de la panoplie de tout bon magicien.

☞ Inspirez-vous de la série de nombres et identifiez un mot parmi ceux qui sont proposés.

3-3-22-3-22-22-22

BALLE
CHAPEAU
CRAYON
BAGUETTE
COSTUME
BRACELET
CARTES
FOULARD
ANNEAUX
CORDE

LE CHAPEAU DU MAGICIEN

Un chapeau haut-de-forme attire votre attention. Il symbolise à lui seul le prestige et l'élégance des magiciens. Vous le saisissez et l'examinez sous toutes ses coutures.

☞ Répondez à cette énigme.
Deux pères et deux fils achètent chacun un chapeau. Que peut-on affirmer avec certitude concernant le nombre de chapeaux achetés ?

Il y en a moins de quatre	Il y en a exactement quatre
Il n'y en a pas quatre	Il y en a au plus quatre

L'HABIT DU MAGICIEN

Le chapeau ne contenant ni lapin ni secret, vous continuez à fureter parmi les objets du magicien. Un autre élément de son costume sera peut-être plus parlant.

☞ Trouvez un objet en vous aidant des mots ci-contre. ____________________

PRENDRE
ALLER
RELEVER
RETOURNER
METTRE
JETER

LES TROIS ACTES DE LA MAGIE

Au milieu de cette loge remplie de secrets et d'illusions, vous vous sentez comme un enfant émerveillé. Pourtant, vous gardez votre objectif à l'esprit : trouver le responsable de cette tentative de meurtre. Comme vous et peut-être pour se changer les idées après avoir fait revenir quelqu'un d'entre les morts, Watson musarde parmi les objets. Soudain, il touche à une pile de foulards bigarrés et une colombe s'envole dans la pièce. Elle va se percher sur une armoire et observe votre ami d'un air interloqué qui vous fait sourire. Watson bougonne quelques mots inaudibles et poursuit ses recherches. Il remarque un livre de magie écrit par le célèbre Harry Houdini.

Après en avoir lu quelques lignes, il commente :

- *Saviez-vous, Holmes, que tous les tours de magie se déroulent en trois actes ?*
- *Non. Dites m'en plus maintenant que vous avez piqué ma curiosité, Watson.*

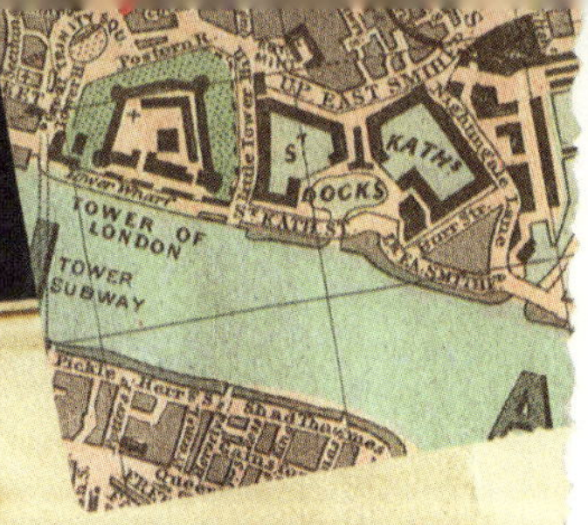

- *Le premier acte est appelé la « promesse ». Le magicien présente un objet ou une situation banale au public, par exemple un lapin, et annonce qu'il va se passer quelque chose d'extraordinaire.*
- *Très bien. Quel est le deuxième acte ?*
- *On l'appelle tout simplement le « revirement » ou « tour ». Il consiste à réaliser l'illusion, qui peut être par exemple la disparition du lapin, et qui, pour le public, tient de l'extraordinaire.*
- *Ce qui nous conduit au troisième et dernier acte. Quel est-il ?*
- *On le nomme le « prestige ». Il conclut le numéro par un événement généralement spectaculaire, qui peut être par exemple la réapparition du lapin à un autre endroit.*
- *C'est une séquence dramaturgique bien ficelée. D'une certaine façon, elle me rappelle mes journées lorsque je suis plongé dans une enquête et que je m'attache à la résoudre.*
- *Comment arrivez-vous à faire du sarcasme en pareil moment, Holmes ?*
- *Nous sommes dans le saint des saints, au cœur des arcanes de la magie, Watson. Tout ce que vous croyez savoir sur moi n'est qu'illusion. Soyez assuré que mon objectif n'a pas disparu. Je vais faire apparaître le coupable au grand jour.*

UN OBJET NORMAL

Tous ces accessoires de magie sont intéressants, mais leur examen ne fait pas avancer votre investigation. Vous en venez à penser que c'est peut-être un objet normal qui vous fournira un indice.

☞ Trouvez l'intrus parmi les objets suivants.

____

BALLE

FOULARD

CHAPEAU

ENVELOPPE

CARTES

GANTS

BAGUETTE

CORDE

CAGE

BOUTEILLE

ENQUÊTE 4

LA LETTRE MYSTÉRIEUSE

Vous vous intéressez à une enveloppe qui contient une lettre apparemment écrite par un collègue du magicien. Est-elle aussi banale qu'elle le laisse paraître ?

☞ Trouvez la phrase cachée dans cette lettre.

CHER DRACO,

LE PLUS GRAND DES MAGICIENS, C'EST VOUS !

C'EST UN HONNEUR QUE DE VOUS DEMANDER SI VOUS AVEZ

LE TEMPS DE ME RECEVOIR POUR VOUS MONTRER LE NUMERO OÙ JE VOLE.

JE SOUHAITE ARDEMMENT TRAVAILLER AVEC VOUS ET METTRE MON

MATÉRIEL À VOTRE DISPOSITION POUR QUE VOUS L'ÉTUDIEZ EN SECRET.

MAGNUS

(LE DERNIER RÉVÉLATEUR)

DES CARTES INSPIRANTES

Cette accusation masquée constitue une piste très intéressante. Cependant, quelque chose vous dit que quelqu'un d'autre que ce Magnus est impliqué dans cette affaire. Et si les cartes vous inspiraient une solution ?

☞ Trouvez la carte manquante.

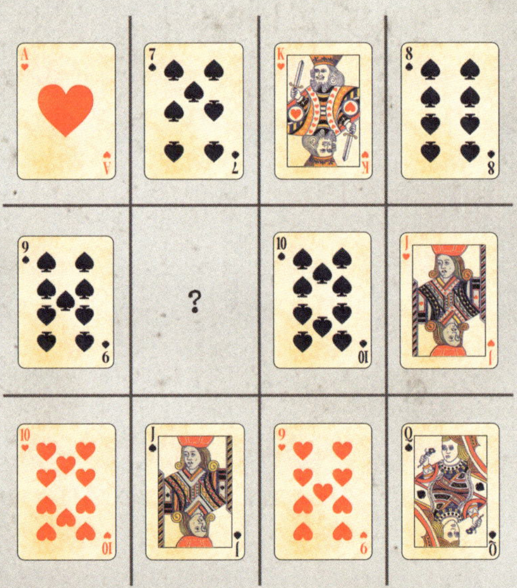

L'INCONNUE DE LA SCÈNE

Vous êtes persuadé que le questionnement d'une personne bien choisie pourrait vous aider à y voir plus clair. Après avoir machinalement battu les cartes, vous réfléchissez à une nouvelle étape dans votre investigation.

☞ Répondez à cette énigme.
Elle est indispensable au magicien, au spectacle et au numéro, mais n'intervient pas dans le tour.

Qui est-ce ? ______________________

UN RIVAL ET UNE PARTENAIRE

Vous avez mis en lumière une potentielle rivalité entre le grand Draco et un mystérieux Magnus. Cette piste est pour vous très sérieuse car vous ne voyez guère qui d'autre qu'un magicien pourrait en vouloir à un magicien. Cette tentative de meurtre habilement mise en scène vous semble en effet tout à fait cohérente avec le mobile évoqué dans la lettre. Dans le monde de la magie, le secret est sacré et l'omerta s'applique même au sein de la profession. Rares sont les magiciens qui collaborent car ils préfèrent généralement gagner leur place au sommet par eux-mêmes. Pourtant, vous pressentez qu'un lien particulier relie Draco à Magnus. Pour lever le voile sur la solution de cette affaire, vous devez le mettre en lumière.

En vous remémorant le déroulement du spectacle et en particulier du numéro qui a conduit au drame, vous prenez soudainement conscience d'un élément important que la cohue sur la scène vous a fait négliger à tort. La partenaire du magicien doit certainement avoir des informations qui vous seraient très précieuses. De plus, c'est elle qui a fait les nœuds qui ont empêché le magicien de sortir de sa cage de verre. Vous n'avez encore aucune preuve de sa culpabilité, mais ce dont vous avez été témoin avec l'ensemble du public lui confère inévitablement un statut de suspecte. Toutefois, vous ne voulez pas tirer de conclusion hâtive car dans le monde de la magie, l'illusion est reine. Ce que les gens voient n'est en réalité que chimère. On leur montre ce que l'on veut et on cache le reste.

Désireux d'en savoir plus sur cette femme, vous demandez au directeur du London Pavilion de vous conduire à elle. Il vous invite à le suivre et se rend dans les coulisses, juste derrière la scène.

Elle est bien là, mais la belle et rayonnante jeune femme que vous avez admirée sur scène est méconnaissable. Elle est en pleurs et elle n'ose même pas lever les yeux pour vous regarder.

- *Bonsoir, madame. Nous comprenons votre peine, mais soyez assurée que Draco sera vite remis sur pieds,* débutez-vous. *Puis-je vous poser quelques questions ?*

LES SIGNES DE LA SINCÉRITÉ

La partenaire de Draco se prénomme Faith. Elle est sourde et muette, ce qui ne la rend pas moins charmante. La voir ainsi bouleversée vous touche. Elle vous explique ce qui s'est passé en utilisant le langage des signes. Par chance, vous en connaissez quelques rudiments.

☞ Traduisez ses propos gestuels.

A	B	C	D	E	F	G	H	I	J	K	L	M
N	O	P	Q	R	S	T	U	V	W	X	Y	Z

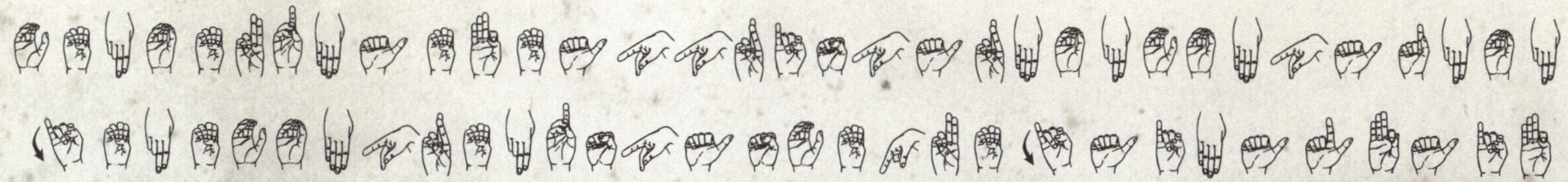

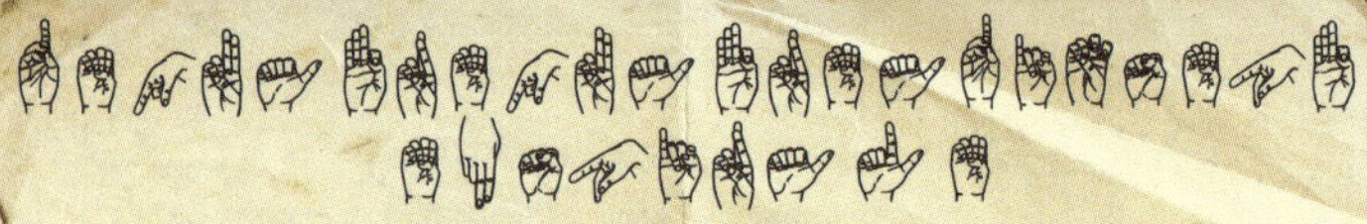

E	B	L	E	U	E	C	O	T	E
T	E	G	E	N	T	S	T	R	I
R	R	E	P	T	I	E	M	E	M
O	R	S	P	R	E	N	E	E	P
P	U	A	L	E	R	D	A	T	A
A	S	E	T	I	O	R	D	P	I
N	O	S	I	A	M	S	I	U	R

DES INDICATIONS CONFUSES

Faith est donc la dame de cœur que vous ont montrée les cartes. Elle semble cependant être de bonne foi et vos soupçons se portent logiquement sur son compagnon, Gus. Vous lui demandez l'endroit où vous pouvez le trouver. Elle ne connaît pas son adresse exacte, mais elle sait comment s'y rendre depuis Piccadilly. Son émotion et son mode de communication rendent toutefois ses explications difficiles à comprendre.

☞ Trouvez comment aller chez son compagnon.

LA PROFESSION DU COMPAGNON

Intrigué par les déclarations de Faith concernant son compagnon, vous lui demandez quelle est la profession qu'il exerce. Elle extirpe alors de son décolleté une carte professionnelle qu'elle vous donne. Le nom de son compagnon y est indiqué, mais le reste vous laisse perplexe.

☞ Trouvez ce qui se cache dans le décor de cette carte.

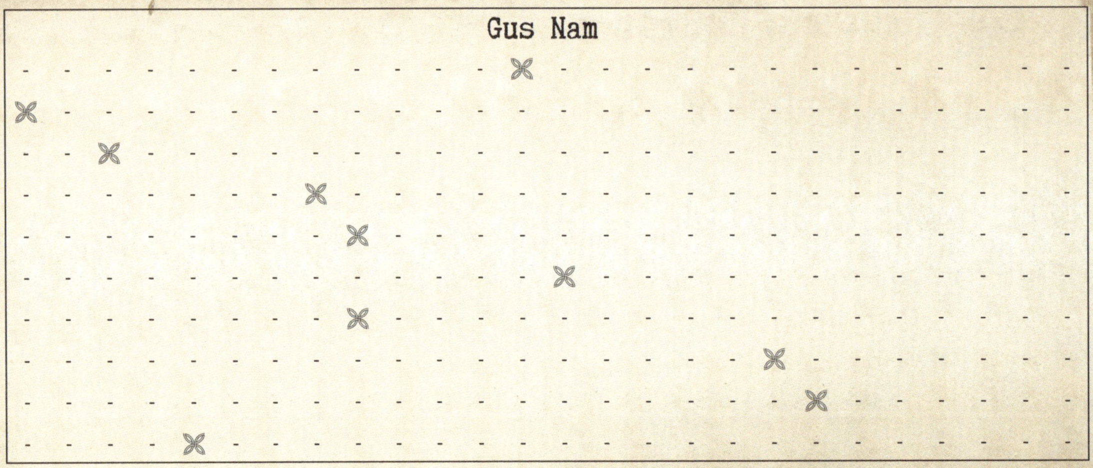

_ _ _ _ _ _ _ _ _ _

LE SECRET DU COMPAGNON

Voilà une carte bien originale ! Elle ne vous semble pas cohérente avec celle d'un ouvrier du spectacle. Cet individu cache certainement un secret.

☞ Que vous inspire le nom du compagnon de Faith ?

_ _ _ _ _ _

ENQUÊTE 4

FIN DU SPECTACLE

Votre première déduction était donc la bonne, et cet entretien avec la partenaire du grand Draco vous a permis de la confirmer. Gus Nam et Magnus ne font qu'un. Vous pressentez qu'il a tout calculé, y compris sa relation avec Faith, la partenaire de scène de Draco. Il est ainsi entré indirectement dans l'intimité de son rival et a préparé son coup en trompant sa propre compagne. Peut-être n'a-t-il pas frappé le premier après tout, mais peu importe. Il a dépassé la ligne rouge en attentant à la vie d'un de ses confrères.

Faith est pour sa part traumatisée par ce qui vient de se passer, et son émotion vous affecte.

Refusant que vos sentiments perturbent votre investigation, vous jugez plus sage de demander au directeur du London Pavilion de s'occuper d'elle et de la raccompagner à son domicile, ce qu'il fait élégamment en lui offrant son manteau et son bras. Vous les regardez sortir en repensant à ce qui s'est passé sur scène. Il s'en est fallu d'un cheveu pour que Draco se noie.

- *Mon cher Watson, je vous félicite pour avoir réussi à sauver cet homme,* déclarez-vous.
- *Je n'ai fait que mon devoir de médecin, Holmes. Nous ferions bien d'aller prendre de ses nouvelles, d'ailleurs.*
- *Je suis aussi d'avis de quitter le London Pavilion, mais pas pour aller à l'hôpital.*
- *Pour aller chez le compagnon de Faith ?*
- *Exactement, Watson. Nous avons eu assez d'émotions pour ce soir. Il est temps de poursuivre cette enquête de manière plus conventionnelle.*

Vous quittez Piccadilly Circus à bord d'un fiacre pour prendre la direction du domicile de Nam. Il fait nuit noire. Les rues sont presque désertes et les volets des maisons sont fermés. Toutefois et comme vous vous y attendiez, lorsque vous arrivez à destination, une maison à porte bleue est allumée. Le responsable de ce crime ne peut évidemment pas dormir sur ses deux oreilles après ce raté. Comme il ne s'attend pas à votre visite, vous avez toutes les chances de le confondre et de le faire avouer.

DÉLIER UNE LANGUE

Vous frappez à la porte et un homme en robe de chambre vous ouvre. Vous vous présentez à lui, mais il ne daigne pas vous retourner la politesse et se contente de vous dévisager d'un air suspicieux.

☞ Résolvez la charade pour trouver un mot.

____

- Mon premier esquisse la fantasmagorie et concrétise le subjectif.
- Mon deuxième appartient au magicien, au machiniste, au partenaire, au compagnon et au théâtre.
- Mon troisième va toujours par paire chez le magicien.
- Mon quatrième débute le tour et finalise son résultat.
- Mon cinquième est l'objet qui a libéré le grand Draco de sa prison.

Mon tout est un argument qui déliera la langue de l'homme.

LE VISAGE DU MENTEUR

Lorsque vous évoquez sa compagne, l'homme se présente sous le nom de Gus Nam. Il assure n'être qu'un machiniste et nie toute implication dans ce qui s'est déroulé ce soir au London Pavilion.

☞ Pour savoir s'il ment, observez-le attentivement et trouvez cinq différences entre les deux images.

UN MOBILE NATUREL

Vous persistez dans vos accusations et demandez à Gus de vous révéler quel secret lui a été volé par le grand Draco. Il refuse de vous le dire, mais vous pouvez néanmoins déterminer ce qui l'a poussé à agir en complétant la grille afin que chaque ligne, colonne et petit carré de 3 x 3 cases contienne 9 lettres différentes.

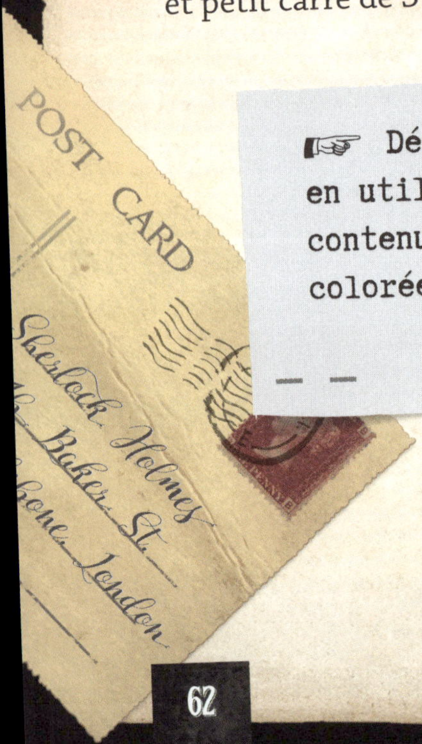

☞ Déduisez-en deux mots en utilisant les lettres contenues dans les cases colorées.

_ _   _ _ _ _ _ _ _

E			T		S	C	J	
			C			L		
C		I	J		A		E	S
J	E			T			C	
						A	S	
	I		U	S				T
U			L	J		T		C
I	C				T	S		J
T		A	S			E	I	

DÉNOUEMENT

Gus finit par avouer qu'il est responsable du drame qui s'est déroulé sur scène. Cependant, l'histoire qu'il vous raconte lui donne des circonstances atténuantes. Il n'a jamais supporté la façon directive et hautaine dont Draco se comporte avec Faith, et il ressent de l'antipathie pour cet homme.

Par ailleurs, Gus ne veut pas se contenter de rester machiniste. Passionné par la magie, il a développé ses propres tours. Un jour, Faith a parlé de l'un d'entre eux à Draco en espérant que ce dernier donnerait un coup de pouce à son compagnon. Mais il n'en a rien fait et s'est servi de l'invention de Gus pour monter un nouveau tour qu'il s'est injustement attribué. Pour se venger, Gus a manipulé Faith : il a faint de lui apprendre à faire un nouveau faux nœud, mais il l'a trompée grâce à son talent. Elle a donc fait un vrai nœud sans le savoir. Le machiniste regrette cette manipulation, mais assume son acte.

Cette affaire vous fera désormais voir autrement le monde de la magie. Il est aussi spectaculaire qu'impitoyable, et sa beauté n'est peut-être qu'une illusion...

ENQUÊTE 4

TOP SECRET

ENQUÊTE 1

CASSE DE PORCELAINE

UN VASE DE VALEUR

Les seuls chiffres qui respectent les conditions sont 3, 1, 2 et 0, ce qui donne la somme de 3 120 £.

EMPEREURS ET HAUTEURS

L'observation de la liste des vases montre que leurs tailles correspondent au double du nombre de lettres composant le nom de l'empereur associé. Le Zhèngdé (7 lettres) mesure donc 14 pouces.

UNE ANTIQUITÉ ABÎMÉE

Fissures	Impacts	Rayures	Usures
2	1	4	3

UN MOBILE POSSIBLE

Le vase volé est le plus cher.	VRAI	FAUX (entouré)
Le vase volé est le plus grand.	VRAI	FAUX (entouré)
Le vase volé est le mieux conservé.	VRAI	FAUX (entouré)
Le mobile du vol est vraisemblablement :	PERSONNEL (entouré)	PÉCUNIER

UNE FENÊTRE INACCESSIBLE

UNE TROUVAILLE DANS LES ÉCAILLES

Les écailles forment un triangle dans lequel chaque ligne correspond à ce qui est inscrit sur celle qui est située au-dessous, en chiffres romains. Par exemple, la première ligne « 1 2 1 1 » correspond au 2 et au 1 qui sont au-dessous. Ainsi, le signe manquant sur la ligne du bas est un 1 en chiffre romain : « I ».

UN INDICE MINUSCULE

Les lettres qui respectent les conditions sont F, I, B, R et E, ce qui donne le mot « FIBRE ».

UN DÉTAIL IMPORTANT

Chaque définition correspond à une lettre. Ainsi, le T est au début du mot « thé », le I est au milieu du mot « boutiques », le S marque le pluriel mais est absent du mot « pluriel », le S est à la fin du mot « magasins », et le U est au milieu du mot « enquête ». Le mot à trouver est donc « TISSU ».

ASTUCIEUSE ESCALADE

La réponse à cette devinette est le mot « GOUTTIÈRE ».

LE TISSU INTRUS

Les rouleaux de la périphérie devraient être rangés selon le séquençage des couleurs. Ainsi, le vert se trouve entre le bleu et le jaune. Pour respecter cet agencement, il faut inverser les rouleaux rouge et violet.

LE TRACAS DES MATELAS

La série est constituée de paires de chiffres. Pour chaque paire, le premier chiffre correspond au nombre de lettres permettant d'identifier un mot dans la liste de ceux qui sont notés dans l'énoncé, et le second à la position d'une lettre dans ce mot. Ainsi, on trouve successivement les lettres R, O, U, E et S, qui forment le mot « ROUES ».

UN OBJET INATTENDU

M	T	G	U	O	B	D	A	N
D	O	B	G	N	A	T	M	U
A	N	U	M	T	D	B	O	G
B	G	T	A	U	O	N	D	M
U	M	A	D	B	N	G	T	O
N	D	O	T	M	G	U	B	A
G	B	N	O	A	T	M	U	D
O	U	D	B	G	M	A	N	T
T	A	M	N	D	U	O	G	B

Le mot à trouver est « TOBOGGAN ».

AUTOUR DE LA PISTE

Il faut successivement passer par les points numérotés.

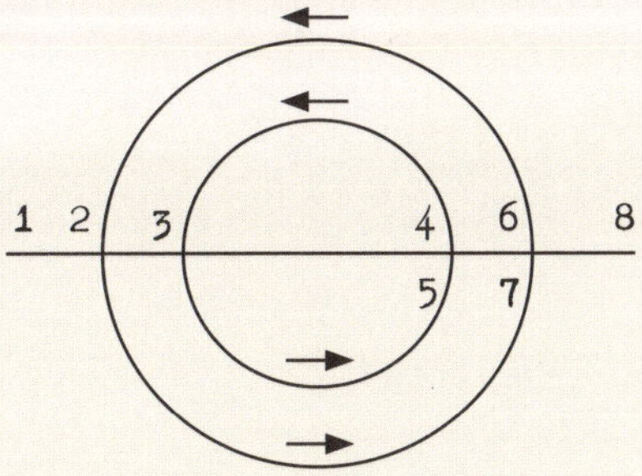

L'ÉQUILIBRE DES TRAPÉZISTES

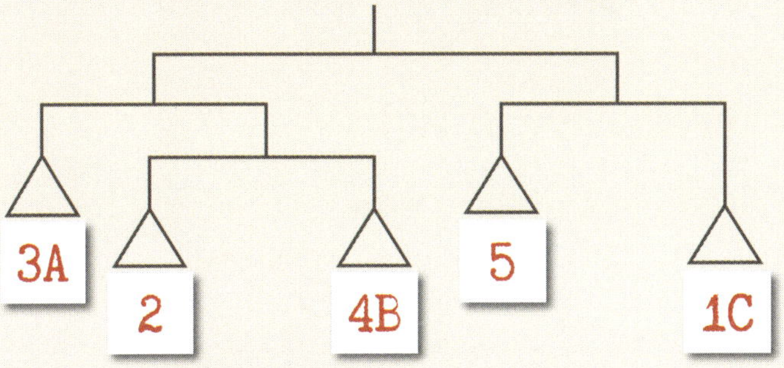

LE « FUNAMBOULE »

Les 10 mètres sont parcourus en 7 cycles avancée-recul durant chacun 8 secondes qui lui permettent de parcourir 7 mètres et 1 avancée durant 4 secondes qui lui permet de parcourir les 3 mètres restants. Cela fait un total de (7 × 8) + 4 = 60 secondes. Il faudra donc au funambule 1 minute pour atteindre le haut de la rampe.

LA RÉVÉLATION DU MÂT CHINOIS

Il y a en tout 47 triangles (12 simples, 12 doubles, 6 triples, 9 quadruples, 7 sextuples et 1 grand).

SE FAUFILER COMME DES FURETS

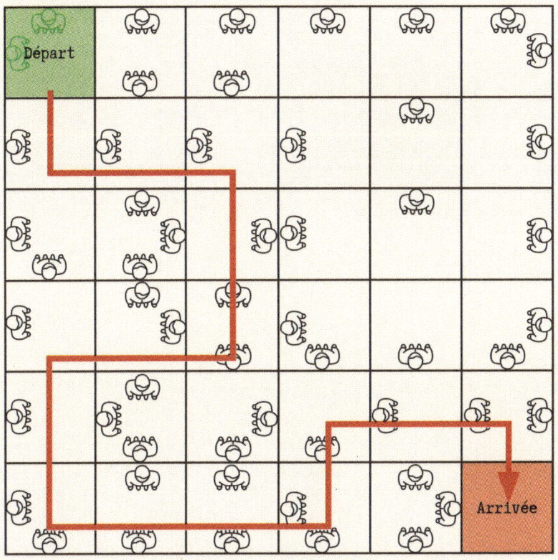

UN COLOSSE EN COULISSES

Il faut répondre la position dans l'alphabet de la première lettre du mot annoncé par le colosse. Ainsi, à « MUSCLE », il faut répondre « TREIZE ».

MENSONGE ET VÉRITÉ

La question à poser est : « *Que me répondra le Chinois si je lui demande s'il est sorti à la mi-journée ?* »

• Si la réponse est « non » :

Si l'Anglais dit vrai, c'est que le Chinois mentirait en répondant « non » et serait donc celui qui est sorti.

Si l'Anglais ment, c'est que Chinois répondrait « oui » en disant vrai et serait donc celui qui est sorti.

• Si la réponse est « oui » :

Si l'Anglais dit vrai, ce serait donc lui qui est sorti car le Chinois mentirait en répondant « oui ».

Si l'Anglais ment, ce serait donc lui qui est sorti car le Chinois répondrait « non » en disant vrai.

UNE RAISON PERSONNELLE

Le texte est coupé par une ligne. En retournant horizontalement celle du bas, on peut voir apparaître le mot « CŒUR ».

LE DÉDALE DES COULISSES

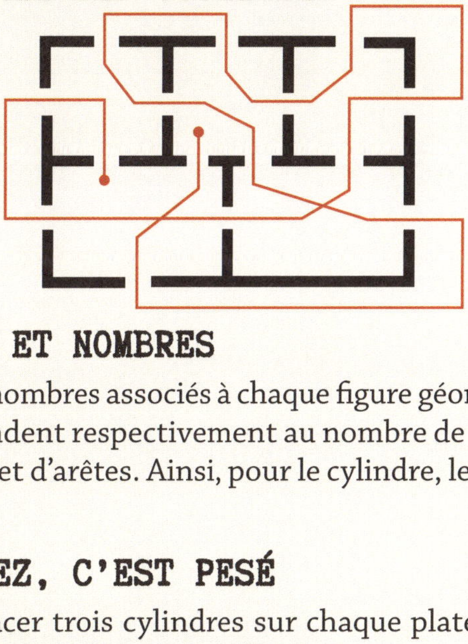

FORMES ET NOMBRES

Les trois nombres associés à chaque figure géométrique correspondent respectivement au nombre de faces, de sommets et d'arêtes. Ainsi, pour le cylindre, le code est « 3-0-2 ».

DÉPÊCHEZ, C'EST PESÉ

Il faut placer trois cylindres sur chaque plateau de la balance et en laisser deux à l'écart.

Si la pesée est équilibrée, le cylindre recherché est parmi les deux restants. Il suffit alors d'en mettre un sur chaque plateau pour identifier le plus lourd.

Si les plateaux ne sont pas équilibrés, il faut alors peser deux des trois cylindres se trouvant sur le plateau le plus lourd. Ainsi, si le cylindre le plus lourd est l'un d'entre eux, la réponse est évidente. S'il y a équilibre, c'est le cylindre restant qui est le bon.

ENQUÊTE 2 LE MANOIR HANTÉ

DES BRUITS DANS LA BRUME

En reliant les flocons par des lignes droites, on fait apparaître les lettres M, A, N, O, I et R, qui forment le mot « MANOIR ».

UNE SERRURE RÉCALCITRANTE

Les nombres situés à gauche du cercle correspondent au carré de ceux qui leur sont diamétralement opposés. Le nombre manquant est donc le carré de 9, soit « 81 ».

GRAVÉ DANS L'ESCALIER

Les chiffres 6 et 9 présents de part et d'autre de l'escalier, forment la clé « 69 », qu'il suffit d'appliquer aux lettres en alternant des décalages de 6 et 9 lettres vers la gauche dans l'alphabet. La phrase décodée est donc : « ICI VIT UN FANTÔME ».

UNE PORTE VERROUILLÉE

La somme des nombres diamétralement opposés est égale à 25, et la somme de ceux qui sont dans chacun des deux disques est égale à 50. Le nombre manquant est donc « 0 ».

LES CARTES DU GUÉRIDON

Les inscriptions du milieu indiquent des directions. Il ne faut pas se laisser abuser par l'orientation du dessin, car le guéridon est rond. Une fois les points cardinaux N, S, O et E repérés, les directions donnent successivement les lettres F, U, Y , E et Z, qui donnent le mot « FUYEZ ».

DES FLAMMES SPONTANÉES

Le quadrillage de l'image est composé de 26 lignes, ce qui fait penser aux lettres de l'alphabet. Pour chaque colonne, en remplaçant la case colorée par la lettre correspondant à sa position dans l'alphabet, on obtient la phrase : « CEUX QUI ENTRENT DANS CE MANOIR SERONT DAMNÉS ».

UNE CHEMINÉE PERCÉE

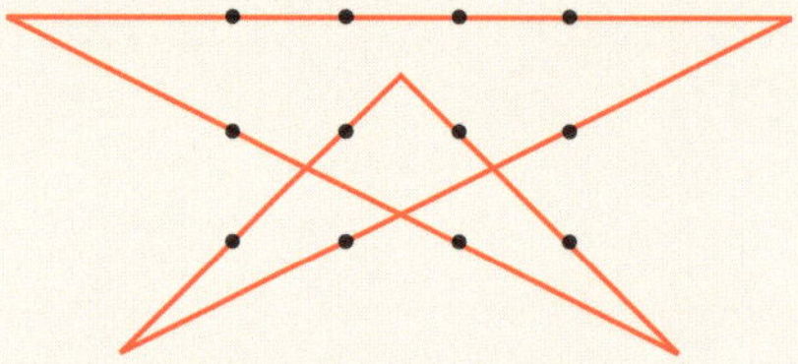

LES ÉPÉES ONT BOUGÉ

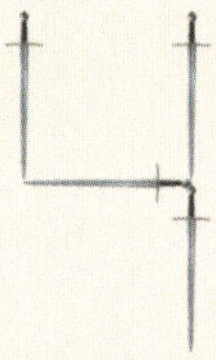

Il faut former le nombre 4, qui est le carré de 2.

UN TABLEAU MYSTÉRIEUX

Les nombres correspondent à la somme des positions des lettres du nom dans l'alphabet. Ainsi, « SAMAEL » correspond à 19+1+13+1+5+12. Le nombre manquant est donc « 51 ».

LE LIT LÉVITANT

Chaque définition correspond à une lettre. Ainsi, F est au début du mot « fenêtre », I est au milieu du mot « lit », L est en tête du mot « lit », et le S est à la fin du mot « tapis ». Le mot à trouver est donc : « FILS ».

LE MUR ENSANGLANTÉ

En observant les deux premières lignes, on constate que la superposition du chiffre et de son symétrique forme le symbole du mot correspondant. Ainsi, la superposition du 7 et de son symétrique forme un « TRIANGLE ».

LE TRIANGLE MAUDIT

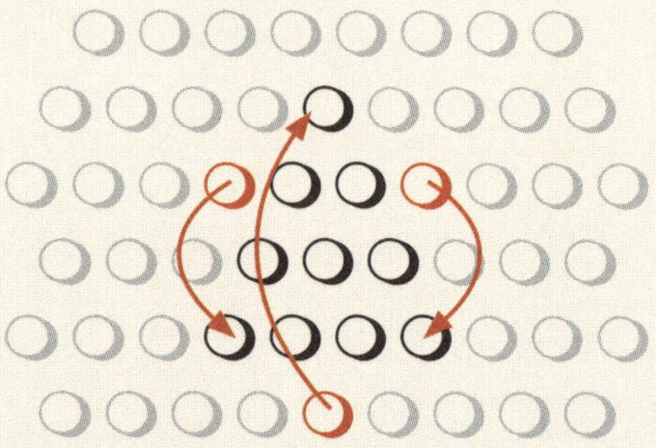

LE GARDE DE MÉTAL

En comptant les mots « PEUR » et « MAL », on constate qu'il y a 12 fois le mot « PEUR » et 11 fois le mot « MAL ». L'expression recherchée est donc : « PLUS DE PEUR QUE DE MAL ».

DES ÉPÉES MENAÇANTES

Les numéros correspondent à la position dans l'alphabet des initiales de chaque chiffre de 1 à 8 (21 pour la lettre U de « UN », 4 pour la lettre D de « DEUX », etc.). Le suivant est donc le 9, qui commence par un N correspondant au numéro « 14 ».

LES BOUCLIERS COLORÉS

Pour résoudre cette énigme, il faut envisager trois hypothèses concernant le bouclier rouge (R) : 3R = R, 3R = 20 + R, et 3R = 10 + R. Seule la dernière est possible. Le bouclier rouge vaut donc 5, le bleu vaut 1 et le jaune vaut 8.

RANGEMENT HÉTÉROCLITE

Les objets sont un TABLEAU (7 lettres), un MIROIR (6 lettres), un LIVRE (5 lettres), un VASE (4 lettres) et un DÉ (2 lettres). L'objet manquant se situe entre le VASE et le DÉ. Il doit donc s'écrire en 3 lettres, ce qui est le cas de la « CLÉ ».

CHAISES ET CISEAUX

Les ciseaux ont 2 pointes et les chaises 4 pieds. En posant les égalités CISEAUX + CHAISES = 8, et 2 CISEAUX + 4 CHAISES = 28, on obtient « 2 CISEAUX et 6 CHAISES ».

DANS LE BUREAU

T I R O I R S

TIROIRS EN SÉRIE

Les séquences correspondent à deux chiffres aléatoires, à leur somme et à leur différence. La dernière séquence est donc « III-IV-VII-I ».

SOMMEIL ET RÉVEIL

Comme le suggère l'énoncé, rien n'interdit de passer par des nombres décimaux. Ainsi, 5 × (5 – (1 / 5)) = 5 × (5 – 0,2) = 5 × 4,8 = 24.

LES TRACES DES FANTÔMES

Comme le suggère l'énoncé, les termes de la suite « O, Y, T, F, R » correspondent aux successeuses dans l'alphabet des lettres finales des mots « UN, DEUX, TROIS, QUATRE et CINQ », soit « N, X, S, E, Q ». Le terme suivant est donc la successeuse de la lettre finale de SIX, c'est-à-dire « Y ».

SOUS LA NEIGE

Il y a en tout 18 rectangles : 6 petits d'1 case, 7 de 2 cases, 2 de 3 cases, 2 de 4 cases, et 1 de 6 cases.

LE SECRET DU MANOIR

T	É	A	I	B	B
R	C	N	D	A	U
A	R	G	E	N	T
C	O	L	A	A	I
E	U	E	L	L	N

ENQUÊTE 3 LE CAMARADE DISPARU

UN INTRUS DANS LE SALON

Tous les objets (vase, pipe, épée, clou, ange, œuf et œil) présents s'écrivent en 4 lettres, à l'exception du marteau qui en compte 7. C'est donc lui l'intrus.

MOTS ET SANGLOTS

Dans la phrase, seul le code « JUTZC » est composé de 5 lettres comme le mot « ÉPOUX ». On peut retrouver ce mot en décalant chacune de ses lettres de 5 crans vers la gauche dans un alphabet écrit en ligne. En procédant de la même manière pour toutes les lettres de la phrase, on obtient : « MON ÉPOUX EST COMMISSAIRE-PRISEUR. »

LE NOM OUBLIÉ

La seule possibilité qui respecte toutes les indications est le nom « GREEN ».

UN VISITEUR CHARGÉ

En complétant un tableau au fur et à mesure de la lecture de l'énoncé, on trouve que l'objet marron correspond à l'enveloppe et que l'objet lourd est la boîte.

ENVELOPPE	MARRON	ÉPAISSE
LIVRE	ROUGE	VIEUX
BOÎTE	BLANCHE	LOURDE

CRAYONNAGE RÉVÉLATEUR

Lundi	BIJOUX
Mardi	MEUBLES
Mercredi	ARGENTERIE
Jeudi	ANTIQUITÉS
Vendredi	MEUBLES
Samedi	PORCELAINES
Dimanche	-

UNE PHOTO EN MORCEAUX

MESSAGE SECRET

En ne gardant que les lettres correspondant aux cercles, on fait apparaître la phrase : « LA STATUETTE SERA MISE EN VENTE JEUDI ».

L	R	U	A	P	M	X	S	B	T
A	L	T	C	H	J	U	K	R	E
T	E	G	T	V	A	C	E	N	S
R	E	R	H	Q	C	A	U	B	M
I	D	S	V	E	R	J	E	A	N
A	L	V	F	E	N	Z	C	T	K
G	E	B	X	G	P	J	O	R	E
Y	D	T	U	A	V	D	L	I	N

UNE PILE D'INDICES

					C	O	D	E	S		
				G	R	E	E	N			
	H	O	B	B	Y						
A	N	U	B	I	S						
		F	A	U	T	E	U	I	L		
	B	U	R	E	A	U					
					L	I	V	R	E		
		É	G	Y	P	T	E				
M	A	R	T	E	A	U					
	E	N	V	E	L	O	P	P	E		
			S	T	A	T	U	E	T	T	E
					C	O	N	F	L	I	T
			T	R	E	V	O	R			

LE SECRET DE LA STATUETTE

Les intrus correspondent aux lettres uniques. Elles permettent de former le mot « FAUX ».

L	E	V	S	O	A
X	N	G	H	C	M
R	Y	K	Y	I	R
B	T	M	G	K	B
I	F	C	S	L	N
V	H	O	U	T	E

LA RÉPONSE DE TREVOR

Chaque définition correspond à une lettre. Ainsi, la lettre R est la seule lettre du mot « FIACRE » qui est absente du mot « AFFECTIF », la lettre E est au début du mot « ÉTUDES », la lettre F est la seule lettre de « LES GOUFFRES » qui est absente de « LES GRANDS TROUS », la lettre U est présente deux fois dans le mot « BUREAU », et la lettre S est située dans l'alphabet entre la première lettre du mot « RUE » et la dernière du mot « TOURNANT ». Le mot à trouver est donc « REFUS ».

LA DÉCISION DE GREEN

En repérant le mot « STATUETTE », qui est le seul mot de 9 lettres, on comprend que chaque consonne est remplacée par la consonne suivante dans l'alphabet. Il en est de même pour les voyelles. La phrase est donc : « GREEN A ÉVINCÉ TREVOR POUR VENDRE SA STATUETTE ».

L'ACTE CRIMINEL

Les nombres correspondent au double de la position des consonnes et au quadruple de la position des voyelles dans l'alphabet. Le mot est donc « KIDNAPPING ».

PAGAILLE DE TAILLES

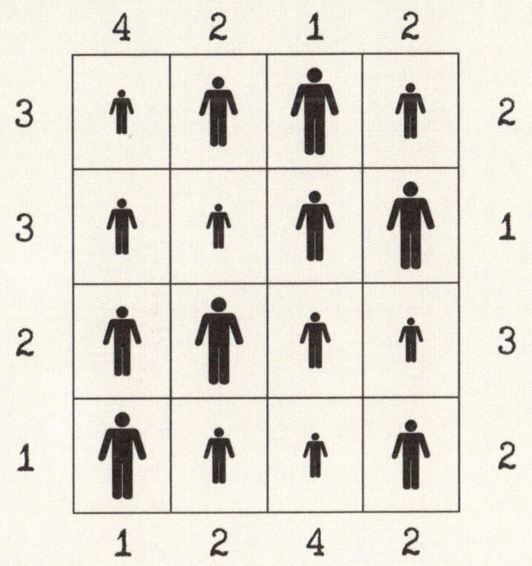

TOUT EST DANS LE REGARD

VUS DANS LA COHUE

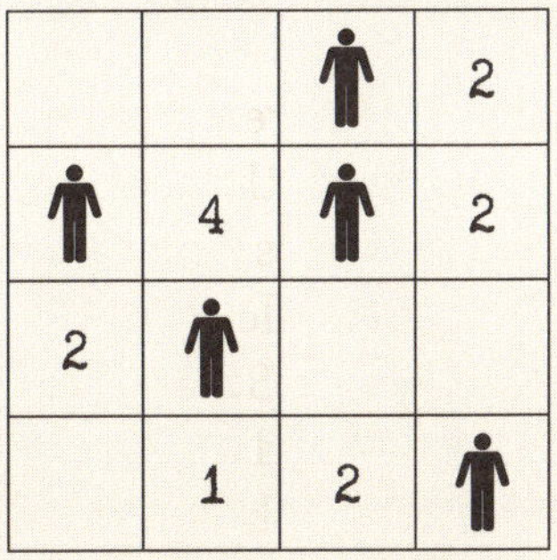

IDENTIFIER LE SUSPECT

		Taille			Costume		
		Petit	Moyen	Grand	Noir	Gris	Bleu
Nom	Green	O	X	X	X	O	X
	Black	X	X	O	O	X	X
	White	X	O	X	X	X	O

MENTION SPÉCIALE

De haut en bas, l'ordre des documents est : RS82 – ED36 – ST53 – EX48 – RG25 – VL17 – EM07. Les initiales des codes sont donc, dans cet ordre : R, E, S, E, R, V, E, ce qui donne le mot « RÉSERVE ».

CRISTAL CACHE-CACHE

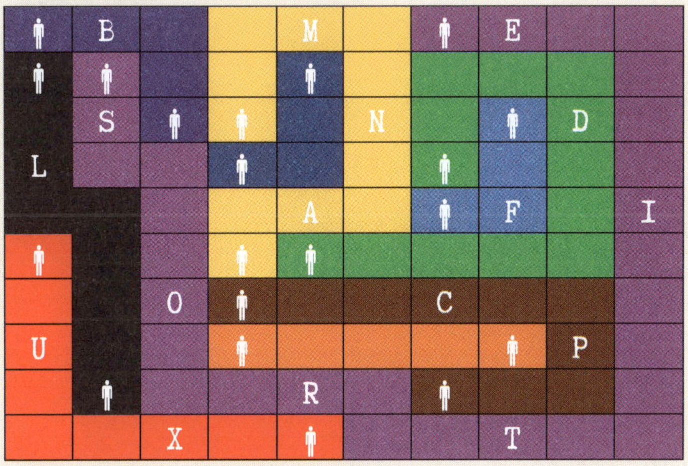

Green s'est rendu à la « SORTIE ».

FILATURE URBAINE

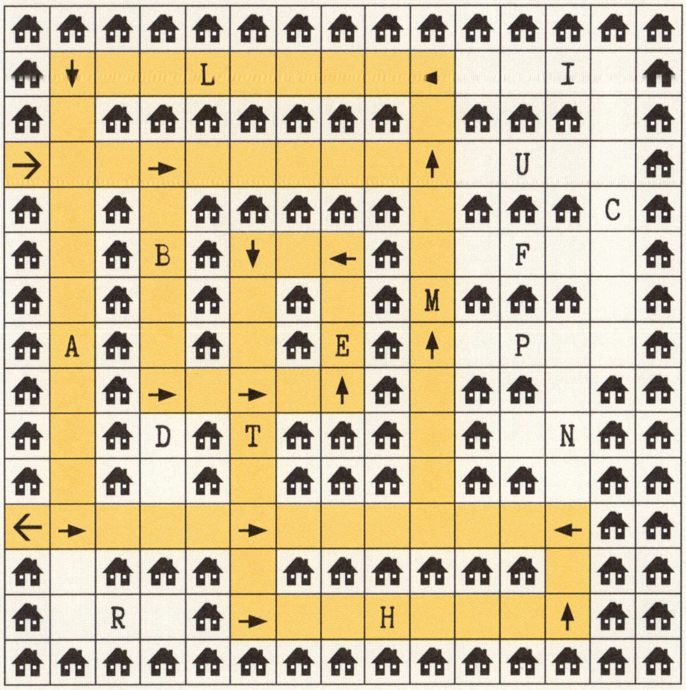

Les lettres par lesquelles passe le chemin permettent de former le nom « LAMBETH », qui est une ville située dans la banlieue de Londres.

GARDEN-PARTY DE CACHE-CACHE

Battre, ardent, creux, école.

EFFRACTION À TÂTONS

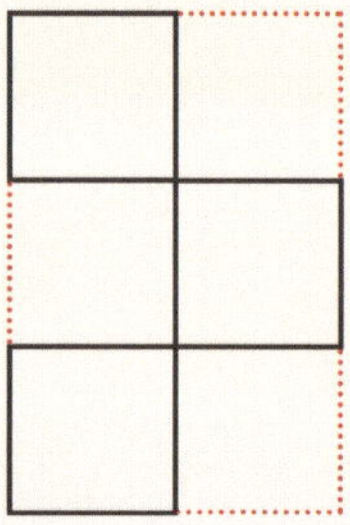

LE PASSAGE SECRET

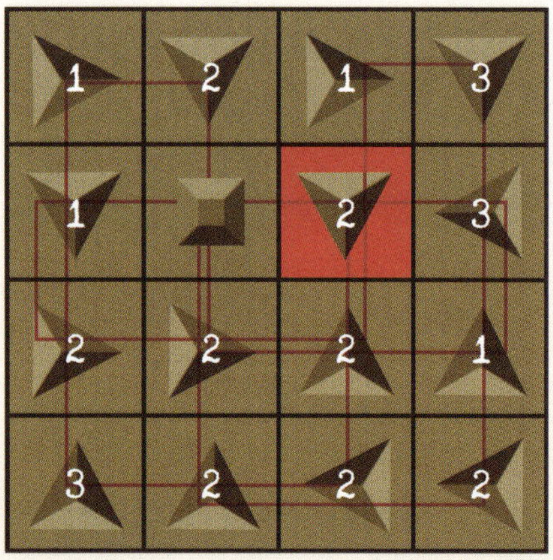

LES COULEURS DE LA LIBERTÉ

ENQUÊTE 4 LES ARCANES DE LA MAGIE

LES ANNEAUX MAGIQUES

Pour former la chaîne F-E-C-B-A, il faut enlever l'anneau D.

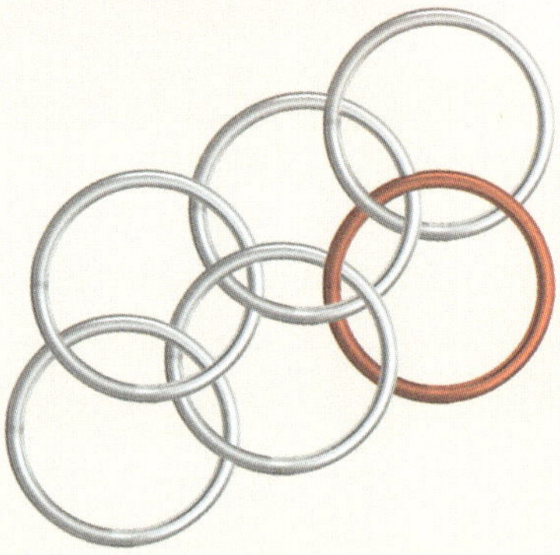

LES COLOMBES CACHÉES

Il y a 7 colombes dans le chapeau blanc et 5 dans le chapeau noir.

LES PIÈCES ALIGNÉES

Il faut poser la pièce de gauche sur celle qui est à la croisée des deux lignes. Vue de dessus, la pile de deux pièces n'en forme qu'une. Tout n'est qu'illusion.

LA VÉRITÉ EST AU DOS

Toutes les cartes ont une figure sur une face et une valeur sur l'autre. Le magicien affirme que les figures rouges ont systématiquement une valeur noire à leur envers. Il ne dit pas qu'une valeur noire est systématiquement associée à une figure rouge. De même, il peut y avoir une figure noire au dos d'une valeur noire. En revanche, une valeur rouge ne doit pas se trouver au dos d'une figure rouge. Pour vérifier l'affirmation, il faut donc retourner la reine de carreau et le 3 de cœur.

LE SECRET DE LA BOÎTE

Le symbole mathématique « $\cap$ » présent sur l'armature de la boîte signifie « intersection ». Il suggère de chercher les lettres communes entre les mots présents de part et d'autre de l'illustration. Le motif représentant des lignes croisées indique les paires qu'il faut former. Ainsi, RIVETS∩EAU=E, PRISON∩PEUR=P et R, TOUR∩SPECTACLE=T, FACES∩PÂLIR=A et PROFOND∩PIÈGE=P. Les lettres E, P, R, T, A, et P permettent de former le mot « TRAPPE ».

CHIMÈRE D'ACIER

Les nombres présents sur le cadenas correspondent aux positions de lettres de l'alphabet. Ainsi, 5, 1, 3, 20, 9, 6 et 3 correspondent à E, A, C, T, I, F et C. Le seul mot pouvant être formé avec ces lettres est « FACTICE ».

ÇA TIENT AUX LIENS

Les deux familles de liens correspondent à de vrais et à de faux nœuds. Les faux nœuds correspondent aux lettres A, R, V et I. Les vrais nœuds correspondent aux lettres E, O, N, D et U. Les deux mots pouvant être formés respectivement sont « VRAI » et « NŒUD ».

DES MOTS SUR SCÈNE

Les mots comptent 4, 5, 6, 7 et 8 lettres. Les chiffres entre parenthèses correspondent au nombre de lettres des différents mots. Les chiffres qui les précèdent correspondent aux positions de lettres dans ces mots. Ainsi, le décodage des ensembles de chiffres indique les lettres C, I, R, E et M, qui permettent d'écrire le mot « CRIME ».

LA PORTE DE LA LOGE

Le bon assemblage correspond aux figures C, L, E et F, ce qui permet de former le mot « CLEF ».

CHERCHER DES SECRETS

La série de chiffre n'est composée que des nombres 3 et 22. Ils correspondent aux positions des lettres C et V dans l'alphabet et sont les initiales des mots « consonnes » et « voyelles ». Le seul mot qui correspond à la séquence indiquée est « CHAPEAU ».

LE CHAPEAU DU MAGICIEN

Qu'il y ait deux pères et deux fils ne signifie pas forcément qu'il y a quatre personnes. Par exemple, un enfant, son père et son grand-père respectent cette condition. Ainsi, la seule réponse certaine est : « Il y en a au plus quatre ».

L'HABIT DU MAGICIEN

Tous les verbes font penser à des expressions contenant le mot « GANT » : prendre des gants, relever le gant, jeter le gant, aller comme un gant, retourner comme un gant, mettre des gants.

UN OBJET NORMAL

Tous les objets présents dans la loge commencent par une consonne (CORDE, BALLE, FOULARD, CHAPEAU, CAGE, GANTS, CARTES, BAGUETTE, BOUTEILLE), à l'exception de l'ENVELOPPE qui est donc l'intruse.

LA LETTRE MYSTÉRIEUSE

La mention située sous la signature suggère de s'intéresser au dernier mot de chaque ligne. En ne sélectionnant que ces mots, on fait apparaître la phrase : « DRACO, VOUS AVEZ VOLÉ MON SECRET ».

DES CARTES INSPIRANTES

Il y a deux couleurs de cartes : le cœur et le pique. Les cartes de cœur sont alternées et s'incrémentent vers le haut et de droite à gauche selon une série allant du 9 à l'as. Les cartes de pique sont alternées de haut en bas et de gauche à droite selon une série allant du 7 à la dame. La carte manquante est donc la DAME DE CŒUR.

L'INCONNUE DE LA SCÈNE

La lettre E qui est contenue dans les mots « MAGICIEN, SPECTACLE, NUMÉRO », est absente du mot « TOUR ».

LES SIGNES DE LA SINCÉRITÉ

En complétant la traduction avec les voyelles manquantes, on aboutit à : « CE NŒUD M'A ÉTÉ APPRIS PAR MON COMPAGNON. JE NE COMPRENDS PAS CE QUE J'AI MAL FAIT. »

DES INDICATIONS CONFUSES

Comme suggéré en langue des signes (« QUATRE-QUATRE À DIX-SEPT, EN SPIRALE »), le texte doit se lire en partant de la 4e ligne et colonne, en allant en spirale jusqu'à la 10e colonne et la 7e ligne : « PRENDRE LA SEPTIÈME À DROITE SUR REGENT STREET PUIS MAISON À PORTE BLEUE CÔTÉ IMPAIR ».

LA PROFESSION DU COMPAGNON

Chaque ligne du décor est composée de 26 symboles qui font penser aux lettres de l'alphabet. En remplaçant chaque arabesque par la lettre correspondante, on forme verticalement le mot « MACHINISTE ».

LE SECRET DU COMPAGNON

« GUS NAM » est évidemment l'anagramme de « MAGNUS », le mystérieux magicien qui prétend dans une lettre que le grand Draco a volé son secret.

DÉLIER UNE LANGUE

Chaque définition correspond à une lettre : la lettre F débute le mot « fantasmagorie » et termine le mot « subjectif », la lettre A est la seule lettre commune à tous les mots cités, la lettre I est présente deux fois dans le mot « magicien », la lettre T débute le mot « tour » et termine le mot « résultat », et la lettre H correspond à la hache utilisée par le machiniste pour briser la cage de verre. Le mot à trouver est donc « FAITH ».

LE VISAGE DU MENTEUR

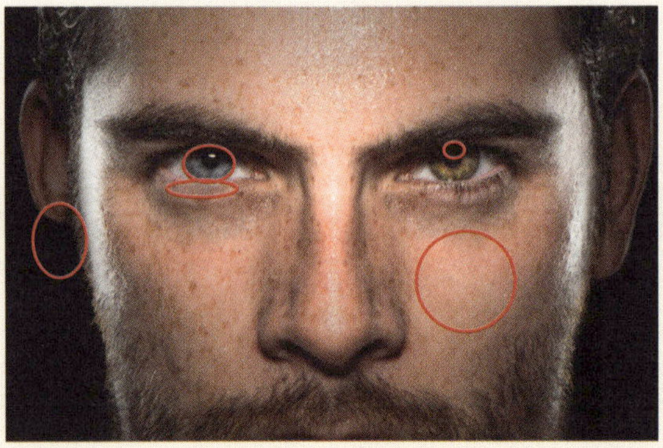

UN MOBILE NATUREL

Une fois la grille complétée, les lettres correspondant aux cases colorées permettent de former les mots « LA JUSTICE ».

E	L	U	T	I	S	C	J	A
S	A	J	C	E	U	L	T	I
C	T	I	J	L	A	U	E	S
J	E	S	A	T	L	I	C	U
L	U	T	I	C	J	A	S	E
A	I	C	U	S	E	J	L	T
U	S	E	L	J	I	T	A	C
I	C	L	E	A	T	S	U	J
T	J	A	S	U	C	E	I	L

Achevé d'imprimer en France chez Jouve-Print
Dépôt légal : avril 2021 - 327658/02
N° de projet : 11048259 - juin 2021
Numéro d'impression : 2964696P